RÉUSSIR L'EXAMEN

prépabac

Tle GÉNÉRALE

NOUVEAU BAC

W0289428

Le Grand Oral

- **Denise Maréchal**
  Agrégée de lettres modernes
  Chargée de cours en université
- **Nadine Mouchet**
  Auteure et formatrice
  Conceptrice d'activités pédagogiques sur l'orientation

Pour les différentes spécialités :

Michel Abadie
Véronique Dorget
Sylvie Douglade-Val
Fabien Lamouche
Sylvain Leder
Hervé Mullard
François Porphire
Jean-Philippe Renaud
Jacques Royer
Martine Salmon
Swann Spies
Bérangère Touet

Hatier

Le site de vos révisions

L'achat de ce Prépabac vous permet de bénéficier d'un **ACCÈS GRATUIT*** à toutes les ressources d'**annabac.com** : fiches, quiz, sujets corrigés... et à ses **parcours de révision** personnalisés.

Pour profiter de cette offre, rendez-vous sur **www.annabac.com** dans la rubrique « Je profite de mon avantage client ».

* Selon les conditions précisées sur le site.

Maquette de principe : Frédéric Jély
Mise en pages : STDI
Schémas : STDI et Corédoc
Iconographie : Hatier Illustration
Édition : Lisa Roche

ISBN 978-2-401-07707-2

AVANT-PROPOS

VOUS ÊTES EN TERMINALE générale, et vous devez vous préparer à la nouvelle épreuve du Grand Oral en travaillant sur deux questions portant sur les programmes de vos spécialités ? Alors ce Prépabac est pour vous !

Cet ouvrage est conçu pour vous entraîner aux trois temps de l'épreuve – exposé de la question, discussion avec le jury, échange sur le projet d'orientation.

Cet objectif est rendu possible grâce à un ensemble de ressources très complet : des fiches de cours et de méthode – synthétiques et visuelles –, des cartes mentales, des quiz, des exercices progressifs et de nombreux exemples de questions d'oral dans les principales spécialités.

Retrouvez également les conseils de nos experts – Daniel Murgui-Tomas, coach en prise de parole et Nadine Mouchet, spécialiste en orientation –, pour acquérir progressivement les méthodes clés et gagner en efficacité.

Nous vous recommandons d'utiliser régulièrement cet ouvrage tout au long de l'année, en fonction de vos besoins. Ainsi vous pourrez préparer votre orientation et aborder l'épreuve du Grand Oral en toute sérénité.

Les auteurs et autrices

SOMMAIRE

1 Aborder l'épreuve

2 Trouver une question d'oral

3 Préparer l'exposé

FICHES DE COURS

4 Faire avancer son projet d'orientation

FICHES DE COURS

SOMMAIRE

5 Améliorer ses capacités oratoires

6 Réussir l'épreuve le jour J

INDEX DES VIDÉOS

S'entraîner au Grand Oral sur la forme

- Travailler sa voix → hatier-clic.fr/21pgo01
- Travailler sa posture et sa gestuelle → hatier-clic.fr/21pgo02
- Prendre conscience de l'importance du regard → hatier-clic.fr/21pgo03
- Faire une bonne première impression → hatier-clic.fr/21pgo04

S'entraîner au Grand Oral sur le fond

- Se préparer à deux pour gagner en détermination → hatier-clic.fr/21pgo05
- Parler sans notes avec naturel → hatier-clic.fr/21pgo06
- Savoir attirer l'attention → hatier-clic.fr/21pgo07
- Savoir écouter pour bien argumenter → hatier-clic.fr/21pgo08

Se préparer avant l'épreuve

- Se préparer physiquement → hatier-clic.fr/21pgo09
- Se préparer mentalement → hatier-clic.fr/21pgo10
- Se préparer par la respiration → hatier-clic.fr/21pgo11

Rester zen le jour J

- Faire le calme en soi → hatier-clic.fr/21pgo12
- Apprendre à réguler ses émotions → hatier-clic.fr/21pgo13

1 Aborder l'épreuve

1 Comprendre la structure de l'épreuve

En bref *Pensé comme une épreuve de synthèse clôturant vos années lycée, le Grand Oral porte à la fois sur vos connaissances et sur votre projet d'orientation. D'une durée totale de 20 minutes, il permet avant tout au jury d'évaluer votre capacité à vous exprimer à l'oral.*

I L'exposé de la question 5 min

■ La première partie de l'épreuve se déroule comme suit :

1. Vous présentez au jury les **deux questions** que vous avez préparées pendant l'année, en lien avec vos enseignements de spécialité et votre projet d'études, et en concertation avec vos professeurs → FICHE 3.

2. Le jury en choisit une.

3. Vous avez **20 minutes de préparation** pour vous remémorer votre exposé et réaliser un éventuel support → FICHE 13.

4. Vous disposez ensuite de **5 minutes** pour **présenter votre exposé** au jury.

À NOTER
L'exposé se fait sans notes, vous devez donc l'avoir bien mémorisé afin de le délivrer de manière naturelle et convaincante → FICHE 12.

■ Vous devez d'abord expliquer pourquoi vous avez travaillé sur cette question, puis proposer une réponse argumentée et synthétique. Au-delà de votre maîtrise du sujet, le jury évalue surtout votre **capacité à argumenter** et votre **aisance à l'oral**.

II La discussion avec le jury 10 min

■ Une fois votre exposé terminé, le jury vous posera des questions pour vous amener à préciser certains points, sonder vos connaissances et évaluer votre **capacité à interagir**.

■ Si cet oral n'est pas à proprement parler une évaluation de connaissances, les questions du jury peuvent porter sur **l'ensemble du programme** des spécialités sur lesquelles s'appuie votre question.

■ Ce qui prime ici, c'est votre capacité à échanger avec le jury : vous devez vous montrer dynamique et **développer vos idées**, plutôt que de répondre de manière brève et sèche. Pensez notamment à nuancer vos réponses, détailler vos exemples, évoquer les étapes de votre travail et les obstacles que vous avez rencontrés, ouvrir la réflexion vers des questionnements connexes…

■ Vous pouvez **orienter l'échange** vers un terrain qui vous est familier en mentionnant pendant l'exposé des éléments que vous maîtrisez bien mais que vous n'avez pas le temps de développer : le jury saisira probablement la perche que vous lui tendez !

III L'échange sur le projet d'orientation ⏱ 5 min

■ La dernière partie de l'épreuve porte sur votre **projet d'orientation**. Vous devez expliquer en quoi la question traitée éclaire votre projet de poursuite d'études, voire votre projet professionnel → FICHE 25.

■ Le jury pourra également vous interroger sur les **démarches** que vous avez menées pour construire votre projet (recherches, rencontres...) et la manière dont vous comptez le mettre en œuvre après le baccalauréat.

> **CONSEIL**
> Pendant l'année, n'hésitez pas à contacter des professionnels qui exercent dans le domaine qui vous intéresse : vous montrerez ainsi que vous vous êtes confronté·e à la réalité de la vie active.

■ Pour le jury, il ne s'agit pas de porter un jugement sur votre projet, d'évaluer si telle ou telle inscription ou orientation est recevable ou valorisée, mais de juger **votre capacité à construire ce projet** : montrez que vous connaissez les options qui s'offrent à vous et que vos choix sont motivés.

■ Il est tout à fait normal que vous ayez encore des **incertitudes**, mais les grandes lignes de votre projet doivent être claires.

zoOm — Un oral différent de ce que vous connaissez

	Le Grand Oral	L'oral du bac de Français
Modalités	• posture debout • sans notes • 5 min d'exposé, 15 min d'entretien • jury d'au moins 2 professeur·e·s	• posture assise • avec notes • 10 min d'exposé, 10 min d'entretien • un·e seul·e professeur·e
Contenu	• préparation de 2 questions de votre choix • développer une réponse argumentée à une question	• préparation de textes étudiés en classe • expliquer et analyser un texte
Questions du jury	• en lien avec l'une de vos spécialités ou les deux • en lien avec votre sujet, votre démarche et votre orientation	• en lien avec une seule matière • en lien avec le texte ou le programme

2 Tenir compte des critères d'évaluation

En bref *La grille d'évaluation fournie dans le B.O. du 13 février 2020 distingue 5 critères : qualité orale de l'épreuve, qualité de la prise de parole en continu, qualité des connaissances, qualité de l'interaction, qualité et construction de l'argumentation.*

I Qualité orale de l'épreuve

■ Cet aspect correspond à la **communication non verbale**. L'échelle descriptive mentionne la voix, le débit, les nuances, l'engagement dans le discours : il s'agit de **capter l'attention de l'auditoire** → FICHE 20.

■ Quelques conseils pour réussir :
- regardez régulièrement le jury ;
- montrez-vous enthousiaste et convaincant·e ;
- maîtrisez votre **débit de parole** (respirez, faites des pauses...).

CONSEIL
Consultez la grille complète sur *bit.ly/21pgo01*. Elle vous sera d'une aide précieuse pour vous auto-évaluer au cours de votre préparation.

II Qualité de la prise de parole en continu

■ Ce second aspect concerne **l'expression verbale** : vocabulaire, syntaxe, ponctuation. Vous devez veiller à vous exprimer de manière claire et dans une langue correcte → FICHE 21.

■ Quelques conseils pour réussir :
- utilisez un vocabulaire et un niveau de langue **adaptés au contexte** ;
- bannissez les tics de langage et les trop longues hésitations ;
- variez les formulations et prenez soin d'articuler.

III Qualité des connaissances

■ Cet item évalue la **pertinence de votre travail de recherches** et votre aisance à en rendre compte. Montrez que la question vous intéresse véritablement et que vous en avez étudié différents aspects.

■ Quelques conseils pour réussir :
- formulez une **réponse nuancée**, prenant en compte différents points de vue ;
- employez un **vocabulaire précis** et spécifique à votre sujet ;
- renseignez-vous sur les personnes que vous citez (auteurs, chercheurs...).

CONSEIL
Les questions du jury peuvent porter sur l'ensemble du programme de votre spécialité : faites-vous des fiches au cours de l'année pour faciliter vos révisions.

IV Qualité de l'interaction

■ Ce critère évalue la fluidité de l'échange avec le jury. Vous devez pouvoir répondre aux questions, mais également argumenter, justifier vos réponses, ouvrir sur d'autres enjeux, saisir les nuances des questions... → FICHE 24.

■ Quelques conseils pour réussir :
- anticipez les questions du jury pour mieux vous préparer ;
- prenez quelques secondes pour réfléchir avant de répondre ;
- nuancez votre propos, évitez des réponses trop catégoriques.

V Qualité et construction de l'argumentation

■ Tout au long de l'oral, le jury apprécie votre capacité à développer une argumentation logique et documentée. Il ne s'agit pas de défendre votre avis à tout prix, mais de construire des réponses structurées et convaincantes.

■ Quelques conseils pour réussir :
- assurez-vous de bien maîtriser votre sujet ;
- entraînez-vous à argumenter et à justifier vos réponses au quotidien ;
- travaillez votre intonation et votre gestuelle pour appuyer vos propos.

zoOm

S'entraîner à plusieurs

■ Travailler en groupe peut vous être très utile pour préparer cette épreuve. Vous confronter au regard des autres vous aidera à perfectionner votre présentation et à prendre confiance en vous.

■ Voici quelques idées d'exercices à faire en binôme ou en petit groupe :
- demandez à un·e camarade de vous filmer et analysez ensemble votre prestation (points positifs, axes d'amélioration...) ;
- présentez votre sujet à un·e camarade qui ne suit pas votre spécialité et essayez de répondre à ses questions ;
- simulez un véritable oral face à vos camarades en vous chronométrant.

3 Choisir un sujet

En bref *Le choix des sujets est capital. Vous défendrez bien mieux une question qui vous passionne. Vos deux sujets peuvent être liés mais vous n'en présenterez qu'un seul au jury. Ils doivent se rapporter à la fois à l'une de vos spécialités (ou aux deux), et à votre projet d'orientation.*

I Identifier vos centres d'intérêt

- Commencez à réfléchir au Grand Oral dès le début de l'année : listez dans votre **journal de bord** les thématiques qui vous ont le plus intéressé·e en 1re et feuilletez vos manuels de spécialités pour découvrir celles que vous allez étudier en Tle. Lesquelles attirent particulièrement votre attention ? Pourquoi ?

> **CONSEIL**
> Prévoyez un cahier dans lequel vous noterez toutes vos réflexions et vos démarches : vous disposerez ainsi d'un aide-mémoire précieux pour retracer votre cheminement en vue du Grand Oral.

- Inspirez-vous de votre quotidien : un livre, un article, un événement, une émission de télévision ou encore une vidéo vue sur Internet peuvent susciter des interrogations et faire écho au programme de l'une de vos spécialités.
- Préparer votre orientation peut aussi faire émerger des questionnements : quels sont les principaux enjeux du domaine qui vous intéresse ?

II Discuter, échanger, croiser les regards

- En cours, interrogez vos professeurs sur les aspects du programme qui vous intéressent ou vous intriguent : ils pourront vous suggérer des pistes de réflexion.
- Prenez contact avec des professionnels dans les secteurs qui vous attirent : quel est leur rôle ? Sur quelles problématiques travaillent-ils ? Quels liens pouvez-vous trouver entre leur métier et votre ou vos spécialités ?
- Discutez des thèmes que vous envisagez d'étudier avec vos camarades ou votre famille. Les questions qu'ils vont vous poser vous mèneront sur d'autres chemins ou vous offriront un autre regard. Inversement, les pistes choisies ou écartées par vos camarades peuvent aussi vous donner des idées.

III Formuler une question pertinente

Votre question finale doit remplir trois critères.

1. Être en lien avec le programme de l'une de vos spécialités et avec votre projet d'orientation.

2. Être **problématisée** : il ne s'agit pas de faire un exposé de vos connaissances sur un point du programme, mais de poser une question et d'y répondre de manière argumentée et nuancée.

3. Être suffisamment **précise** pour pouvoir être traitée en 5 minutes : plutôt que de balayer trop rapidement un sujet trop vaste, mieux vaut approfondir un aspect plus restreint.

> **À NOTER**
> N'essayez pas de formuler d'emblée une question « parfaite » : vous affinerez la problématisation au fil de vos recherches.

zoOm

Faire émerger un sujet

■ Voici une méthode possible pour faire émerger un sujet à partir des programmes de vos enseignements de spécialité (ici HLP et HGGSP) et de vos centres d'intérêt. Il s'agit de **procéder par étapes**, pour préciser progressivement votre sujet.

Étape	Exemple
1 J'identifie les thématiques qui m'intéressent.	• *l'art du discours (HLP)* • *la politique, l'écologie (HGGSP)*
2 J'en déduis un thème.	*Les discours politiques en lien avec l'écologie*
3 Je définis si nécessaire les bornes de mon sujet.	*Les discours en lien avec l'écologie des trois derniers présidents français*
4 Je fais des recherches préliminaires.	(identifier les discours marquants, en faire une première lecture, repérer les principaux enjeux évoqués…)
5 Je liste les questions qui émergent.	• *Quelle est la rhétorique utilisée pour parler d'écologie ?* • *A-t-elle évolué ? Si oui, comment ?* • *En quoi diffère-t-elle d'un président à l'autre ? etc.*
6 Je formule mon sujet.	*« Comment la rhétorique présidentielle illustre-t-elle un changement de regard politique sur la crise écologique depuis 2007 ? »*

■ Une fois la question posée, il faudra déterminer la meilleure manière d'y répondre : ici, vous pourriez par exemple commencer par mener une étude comparée de trois discours marquants.

MÉMO VISUEL

ABORDER

Le déroulé

Préparation — 20 min
- mettre ses idées en ordre
- préparer un document support (facultatif)

Exposé de la question — 5 min
- présenter la question et les raisons de votre choix
- répondre à la question de manière argumentée

Discussion avec le jury — 10 min
- questions sur le contenu de l'exposé
- questions sur d'autres aspects du programme
- questions sur votre autre spécialité

Échange sur le projet d'orientation — 5 min
- expliquer le lien entre votre question et votre projet
- présenter les étapes de construction de votre projet

Le choix des questions

Les étapes pour trouver une question

1. **Identifier** les thématiques du programme qui vous intéressent.
2. **Lister** toutes les questions qu'elles vous inspirent.
3. **Discuter** avec vos professeurs et vos camarades pour nourrir votre réflexion.
4. **Choisir** la question qui vous semble la plus porteuse et la préciser au fil de vos recherches.

Les critères d'évaluation

Qualité orale
= communication non verbale (débit, gestes, regards…)

Qualité de la prise de parole en continu
= communication verbale (vocabulaire, niveau de langue, articulation…)

Qualité des connaissances
- maîtrise du sujet présenté
- maîtrise du ou des programmes

L'ÉPREUVE

Qualité de l'interaction
- échange dynamique avec le jury
- réponses développées

Qualité de l'argumentation
- capacité à convaincre
- structure et pertinence du propos

Les caractéristiques d'une « bonne » question

✓ **pertinente** par rapport au(x) programme(s) de(s) spécialité(s)
✓ **cohérente** avec vos centres d'intérêt et votre projet d'orientation
✓ **problématisée,** avec un véritable enjeu
✓ **précise,** traitable en 5 minutes

SE TESTER QUIZ

Vérifiez que vous avez bien compris les points clés des **fiches 1 à 3**.

1 Comprendre l'épreuve

→ FICHE 1

1. L'oral face au jury dure en tout :

☐ **a.** 15 minutes
☐ **b.** 20 minutes
☐ **c.** 30 minutes

2. Reconstituez le déroulé de l'épreuve en numérotant les étapes de 1 à 6.

... **a.** exposé de la question choisie
... **b.** échange sur votre projet d'orientation
... **c.** présentation au jury de vos deux questions
... **d.** réponse aux questions du jury
... **e.** choix du sujet par le jury
... **f.** temps de préparation

3. Vrai ou faux ?

Le jour de l'oral...	Vrai	Faux
a. ... vous pouvez lire vos notes.	☐	☐
b. ... vous devez traiter les deux questions préparées pendant l'année.	☐	☐
c. ... vous pouvez réaliser un document support pendant le temps de préparation.	☐	☐

4. Les deux questions préparées doivent être en lien avec :

☐ **a.** les matières du tronc commun
☐ **b.** l'un de vos enseignements de spécialité ou les deux
☐ **c.** vos deux enseignements de spécialité
☐ **d.** votre projet d'orientation

2 Connaître les critères d'évaluation

→ FICHE 2

1. Quels sont les principaux critères d'évaluation ?

☐ **a.** l'étendue de vos connaissances sur le sujet présenté
☐ **b.** la qualité de votre support
☐ **c.** votre capacité à argumenter sur un sujet
☐ **d.** votre capacité à réciter un exposé appris par cœur

2. Lors de la 2e partie de l'épreuve, le jury peut vous poser des questions :

☐ **a.** en lien avec la question traitée uniquement
☐ **b.** en lien avec les programmes de vos deux spécialités
☐ **c.** en lien avec votre travail de recherches

3. Reliez chaque indicateur au critère correspondant.

a. Mon exposé est structuré et mes réponses sont justifiées. •	• qualité orale de l'épreuve
b. Je sais définir les notions clés de mon exposé. •	• qualité de la prise de parole en continu
c. J'appuie mes propos avec une gestuelle pertinente. •	• qualité des connaissances
d. Je m'exprime en utilisant un vocabulaire technique, adapté à mon sujet. •	• qualité de l'interaction
e. Je rebondis sur les questions posées par le jury. •	• qualité et construction de l'argumentation

3 Choisir un sujet

→ FICHE 3

1. Votre question est satisfaisante si :

☐ **a.** elle permet de croiser vos deux spécialités
☐ **b.** vous pouvez la traiter en 5 minutes
☐ **c.** elle n'a jamais été traitée auparavant
☐ **d.** elle est en lien avec votre projet d'études

2. Parmi ces trois questions portant sur les programmes des spécialités Maths et Physique-Chimie, laquelle vous semble la mieux formulée ?

☐ **a.** *Qu'est-ce qu'un vecteur ?*
☐ **b.** *Comment les vecteurs permettent-ils une description du mouvement ?*
☐ **c.** *Peut-on utiliser des vecteurs pour décrire un mouvement ?*

3. Parmi ces trois questions portant sur les programmes des spécialités HLP et HGGSP, laquelle vous semble la mieux formulée ?

☐ **a.** *L'être humain a-t-il atteint ses limites ?*
☐ **b.** *La guerre montre-t-elle les limites de l'humanité ?*
☐ **c.** *En quoi les récents conflits internationaux éclairent-ils une nouvelle vision de l'humanité ?*

4. Vous souhaitez faire des études de commerce ou de marketing, et vous avez choisi les spécialités Maths et SES. Quelle question serait la plus pertinente par rapport à votre projet ?

☐ **a.** *La mondialisation est-elle profitable à tous ?*
☐ **b.** *Comment estimer les ventes futures d'un produit ?*
☐ **c.** *Comment différencier le taux d'intérêt nominal et le taux d'intérêt réel d'un placement ou d'un emprunt ?*

CORRIGÉS

SE TESTER QUIZ

1 Comprendre l'épreuve

→ FICHE 1

1. Réponse b.

2. Le déroulé de l'épreuve est : **c – e – f – a – d – b.**

3. a. Faux. L'exposé se fait sans notes.
b. Faux. Le jury choisit une question parmi les deux que vous lui proposez.
c. Vrai. La possibilité vous est offerte de réaliser un document support mais ce n'est pas une obligation.

4. Réponses b et d.

2 Connaître les critères d'évaluation

→ FICHE 2

1. Réponses a et c.
La réponse **b** est incorrecte : le document support (si vous en fournissez un) ne fait pas partie de l'évaluation.
La réponse **d** est incorrecte : vous devez présenter votre exposé de manière naturelle. C'est votre capacité à convaincre, et non votre mémoire, qui est évaluée.

2. Réponses b et c.

3. a. qualité et construction de l'argumentation.
b. qualité des connaissances.
c. qualité orale de l'épreuve.
d. qualité de la prise de parole en continu.
e. qualité de l'interaction.

3 Choisir un sujet

→ FICHE 3

1. Réponses b et d. Votre question peut croiser vos deux spécialités mais ce n'est pas indispensable.

2. Réponse b. La proposition **a** n'est pas problématisée et la **c** est une question fermée qui n'appelle qu'une réponse par oui ou par non.

3. Réponse c. La proposition **a** ne concerne que le programme de HLP et la proposition **b** est trop large.

4. Réponse b. Cette question croise vos deux spécialités et vous fait toucher du doigt un enjeu concret du marketing.

2 Trouver une question d'oral

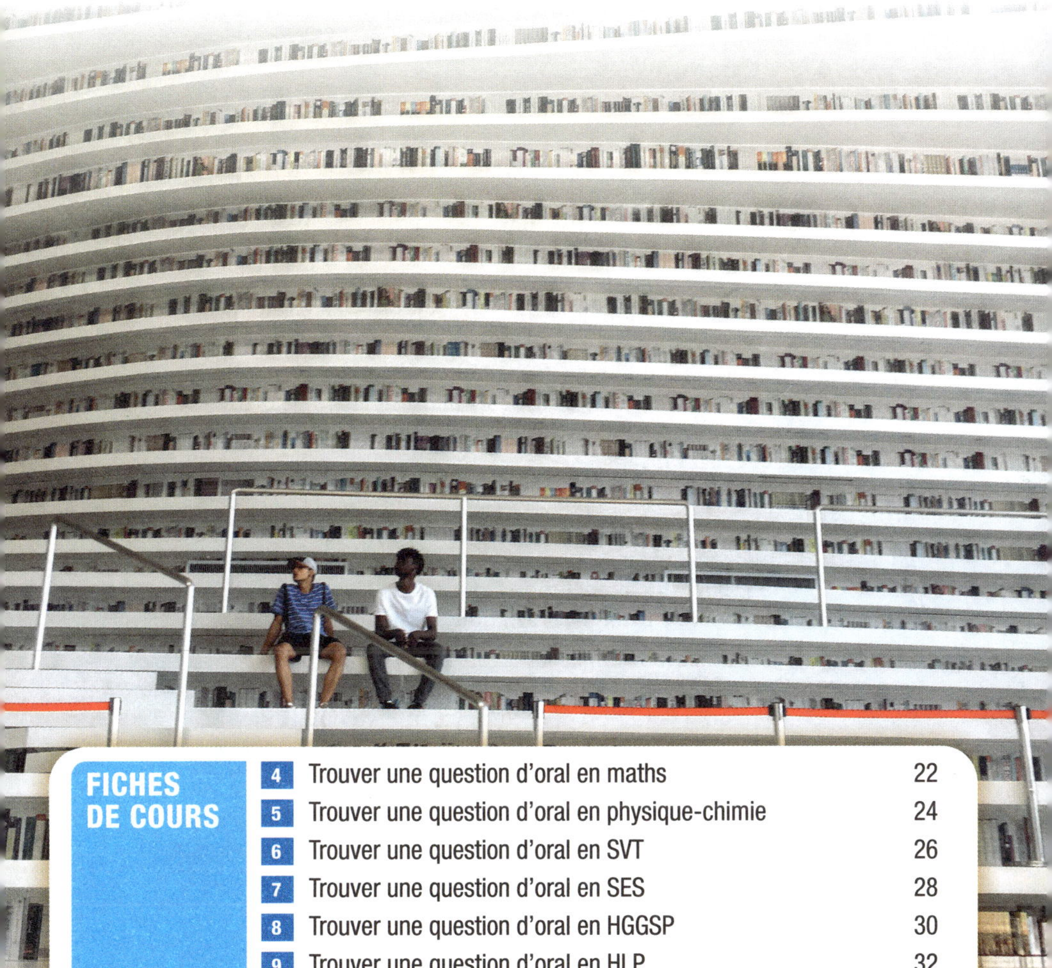

4 Trouver une question d'oral en maths

En bref *Pour trouver une question d'oral en mathématiques, les approches sont multiples. Les thèmes du programme sont adaptés à de nombreuses questions, qu'elles soient théoriques, historiques ou appliquées à d'autres disciplines.*

I Questions en lien avec une autre discipline

Certains thèmes du programme de la spécialité Mathématiques se prêtent bien à une question portant sur **une application dans une autre discipline**.

Physique-chimie	• Comment étudier l'évolution au cours du temps d'une population de noyaux radioactifs, et quelles sont les applications d'une telle étude ? • Quelles équations différentielles permettent d'étudier le mouvement d'une particule dans un champ électrique ? • Comment étudier avec les logarithmes le niveau d'intensité sonore d'un signal ?
SVT	• Comment les probabilités conditionnelles permettent-elles de modéliser l'évolution de la fréquence des allèles dans une population ? • En quoi une modélisation statistique favorise-t-elle la compréhension des variations climatiques passées ?
NSI	• Comment exploiter les logarithmes pour étudier et optimiser le coût d'exécution, en temps ou en mémoire, d'un programme ? • En quoi la notion de récurrence intervient-elle dans l'élaboration et le fonctionnement d'un programme récursif ?
SES	• Comment la courbe de Lorenz et le coefficient de Gini permettent-ils d'étudier la répartition des revenus dans une population ? • Comment différencier et calculer le taux d'intérêt nominal et le taux d'intérêt réel d'un placement ou d'un emprunt ?

II Questions en lien avec l'histoire des mathématiques

Des sujets historiques peuvent permettre de clarifier **le sens de certaines notions** :

• Comment donner une approximation d'un nombre réel à l'aide de suites ?

• Quelles sont les grandes étapes historiques de l'élaboration du raisonnement par récurrence ?

• Par quelles méthodes peut-on déterminer une valeur approchée de l'aire sous la courbe d'une fonction ?

III Questions en lien avec les approfondissements du programme

Voici quelques exemples des **« approfondissements »** signalés dans le programme pour servir au choix de la question d'oral :

- Comment définir le barycentre d'un système de points pondérés et comment l'utiliser pour montrer que trois points sont alignés ou que trois droites sont concourantes ?
- Comment l'équation logistique modélise-t-elle l'évolution d'une population ?
- Comment modéliser un oscillateur à l'aide d'une équation différentielle ?
- Comment démontrer en utilisant des suites adjacentes qu'un nombre n'est pas un nombre rationnel ?

zoOm

Choisir une question de mathématiques appliquées

La **modélisation** est la conception d'un modèle théorique qui permet, grâce à une étude mathématique, de résoudre des problèmes issus de domaines variés (physique, biologie, économie…).

La crise sanitaire liée à l'épidémie de Covid-19 a mis en évidence l'importance des mathématiques dans la **modélisation de l'évolution d'une épidémie**, et le rôle de cette modélisation dans la prise de décisions d'ordre sanitaire et politique.

Une question sur ce sujet pourrait être : « Quels sont les paramètres pris en compte dans l'élaboration des modélisations de la diffusion de l'épidémie de Covid-19 pour la mise en place de mesures sanitaires ? ».

Le virus SARS-CoV-2, responsable de la maladie Covid-19, en image de synthèse, d'après des observations au microscope électronique.

5 Trouver une question d'oral en physique-chimie

En bref *Qu'il soit en rapport ou non avec une autre spécialité, le choix de votre question d'oral doit mettre en lumière au moins un des grands enjeux du programme. Cela vous laisse la liberté d'aborder une actualité scientifique ou technologique récente qui vous passionne !*

I Questions en lien avec une autre discipline

Les exemples de **questions** données ici permettent de mettre en lumière les grands enjeux du programme de physique-chimie : la démarche scientifique ; la pratique expérimentale ; la modélisation ; la mesure et les incertitudes.

À NOTER
Ce type de questions nécessite souvent d'adosser le discours à plusieurs parties du programme du cycle terminal.

SVT	• Comment la chimie dite « verte » est-elle au service de la protection de l'environnement ? • Comment la thermodynamique contribue-t-elle à la modélisation de l'effet de serre ? • Comment les progrès de la physique-chimie et les innovations technologiques contribuent-ils à réduire l'émission des gaz à effet de serre ?
Sciences de l'ingénieur	• Comment la physique contribue-t-elle au développement raisonné de l'utilisation des sources d'énergie renouvelables ? • Comment les capteurs capacitifs d'une tablette fonctionnent-ils ? • Comment le phénomène d'interférence est-il exploité pour la lecture optique ?
Maths	• Comment Newton s'est-il appuyé sur les travaux de Galilée et de Kepler pour établir sa théorie de la gravitation universelle ? • Modélisations mathématiques des grandeurs mécaniques : pourquoi les modèles vectoriels sont-ils adaptés ? • Comment modéliser l'évolution temporelle d'une population de noyaux radioactifs ?
NSI	• Comment peut-on simuler l'influence des facteurs cinétiques « température » et « concentration d'un réactif » à l'aide d'un langage de programmation ? • Quelles informations obtient-on lorsqu'on simule, à l'aide d'un langage de programmation, le processus aléatoire de désintégration radioactive ?

II Questions sur une partie spécifique du programme

Voici des exemples de questions en lien avec le seul programme de Physique-chimie :

- Comment les techniques expérimentales de laboratoire permettent-elles d'appréhender les paramètres influençant une transformation chimique et d'élaborer des stratégies de synthèse limitant l'impact environnemental ?
- En quoi le développement de la médecine nucléaire est-il intimement lié à la compréhension de la radioactivité ? → SUJET 3, p. 125-127.
- Comment le décalage vers le rouge mis en évidence par Hubble a constitué la première preuve expérimentale en faveur du modèle de l'expansion de l'Univers ?
- Pourquoi le modèle du gaz parfait a-t-il un domaine de validité restreint ?
- Les composés odorants : comment les extraire de manière écoresponsable ? → SUJET 4, p. 128-131.

zoOm

Choisir un sujet en lien avec l'actualité scientifique

Une actualité scientifique ou technologique récente, qui attise votre curiosité, peut constituer une excellente entrée pour élaborer une question d'oral.

- La première précaution à prendre est de **vérifier la véracité** de cette actualité et donc les sources à l'origine de l'information. Il ne s'agirait pas de construire un oral autour d'une « fake news » → ZOOM p. 29.
- La deuxième étape est de **rechercher les liens** entre cette actualité et votre programme de physique-chimie et, éventuellement, celui de votre deuxième spécialité. Par exemple, les caractéristiques du premier vol habité privé SpaceX vers l'ISS en mai 2020 permettent de balayer largement la partie de programme « Mouvement et interaction » et en particulier le thème du « Mouvement dans le champ de gravitation ».
- La formulation de votre question doit permettre de **contextualiser** une partie du programme de la spécialité avec l'actualité scientifique. *Exemple* : Comment les lois de Newton permettent-elles d'établir certaines caractéristiques du mouvement de la fusée Falcon 9 de SpaceX vers l'ISS ?

La fusée Falcon 9 de SpaceX en plein décollage, le 11 mai 2020.

6 Trouver une question d'oral en SVT

En bref *Le programme de la spécialité SVT couvre un grand nombre de thèmes : à vous de choisir celui qui correspond le mieux à vos intérêts et à votre projet d'orientation. Vous pouvez aussi effectuer de nombreux croisements avec la plupart des autres spécialités.*

I Questions en lien avec le programme de l'écrit

C'est vous qui choisissez la question sur laquelle vous voulez travailler : les possibilités sont nombreuses, tant qu'il y a un lien avec le programme et avec votre projet d'orientation → FICHE 3. Voici quelques pistes :

Thèmes	Idées de sujets
Brassages génétiques (en lien avec le programme de 1re)	• Quelle est la probabilité de posséder un sosie ? • Pourquoi la plupart des greffes d'organe sont-elles rejetées par le receveur ? • Comment les cancers peuvent-ils se développer chez les enfants ? • Comment expliquer le syndrome de Down ?
Histoire de la Terre et climats du passé (en lien avec le programme de 1re)	• Quel était le climat au moment de la formation de la roche se trouvant sous mon lycée ? • Quand et comment s'est formé le paysage autour de chez moi ? • Chez moi, on trouve souvent des fossiles de … : peuvent-ils servir à la stratigraphie ?
Organisation fonctionnelle des plantes à fleur	• En quoi les fongicides (ou les insecticides) peuvent-ils poser des problèmes en agriculture ? • Comment une plante peut-elle survivre en milieu désertique ?
Fonctionnement du système neuromusculaire	• Les produits dopants ont-ils le même effet chez tout le monde ? • Qu'est-ce que la myopathie de Duchenne ? • Comment récupérer d'atteintes de la moelle épinière après un accident de la route ?

II Questions en lien avec les autres thèmes

Il peut être plus facile de choisir votre question parmi les thèmes étudiés **après les épreuves écrites** d'autant plus que ceux-ci se prêtent bien à des rapprochements avec d'autres spécialités.

À NOTER
Attention toutefois à ne pas commencer trop tard : se documenter prend du temps → FICHE 11.

Thèmes	Idées de sujets
Évolution non génétique (dont l'évolution culturelle)	• Existe-t-il des cultures animales ? • Comment les langues évoluent-elles au cours du temps ?
Domestication des plantes	• Quels sont les avantages des OGM ? • Comment protéger les pommiers de certaines maladies, telle la tavelure ?
Réchauffement climatique	• Comment modéliser l'évolution de la température mondiale ? • Quelles sont les conséquences du réchauffement climatique dans les échanges économiques intercontinentaux ?
L'organisme face au stress	• Comment le stress nous fait-il perdre nos moyens ? • La méditation peut-elle lutter contre le stress ?

zoOm

Réaliser des recherches Internet précises

Une fois votre sujet trouvé, vous pouvez commencer par une recherche préliminaire sur Internet.

■ Les résultats que le moteur de recherche vous renvoie dépendent des mots-clés choisis : utilisez **les mots les plus précis** pour obtenir une information la plus fiable possible.

■ La fiabilité de l'information dépend aussi de **la nature des sites** : un site académique (ex. : site du CNRS) qui n'a pas d'intérêt commercial est *a priori* plus fiable que celui d'une entreprise cherchant à placer ses produits → ZOOM p. 29.

■ Imaginons que vous recherchiez des informations sur une maladie de la pomme : la tavelure (*apple scab* en anglais), due à un champignon, *Venturia inaequalis*. Voici, pour quatre recherches différentes, les dix premiers sites proposés par Google.

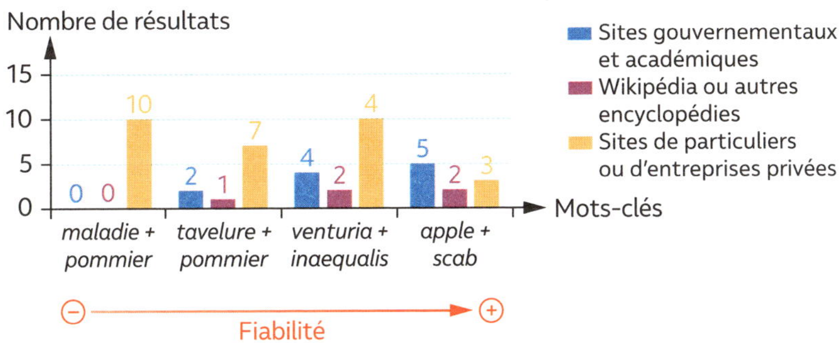

7 Trouver une question d'oral en SES

En bref *Votre question d'oral nécessite des recherches personnelles autour d'un thème issu du programme de SES, et peut être liée à une autre spécialité, comme l'HGGSP ou les SVT.*

I Questions en lien avec le programme de SES

Un sujet d'oral n'est pas une simple question dont la réponse consiste à réciter son cours, mais une problématique nécessitant des recherches personnelles → FICHE 3. Voici quelques exemples pour vous inspirer.

À NOTER
Réfléchissez à vos questions dès le début de l'année : consultez le programme officiel (sur *eduscol.fr*) et répertoriez les thèmes qui le structurent. Vous pouvez aussi utiliser votre manuel.

■ Comment les transformations de l'emploi nuisent-elles à la fonction intégratrice du travail ?

Deux thèmes du programme sont nécessaires pour répondre exhaustivement à ce sujet : le thème « Comment lutter contre le chômage ? », qui revient sur les politiques de l'emploi et, en particulier, sur la flexibilisation du marché du travail, et le thème « Quelles mutations du travail et de l'emploi ? », qui interroge directement le lien entre l'organisation du travail, ses mutations et l'intégration par le travail.

■ La structure sociale en France peut-elle être analysée en termes de classes sociales ?

Les arguments et les théories nécessaires sont présentés dans le thème « Comment est struturée la société française actuelle ? ».

■ Comment a évolué l'action collective depuis 1970 ?

La réponse peut être construite en articulant le thème « Comment expliquer l'engagement politique dans les sociétés démocratiques ? » et des références à l'art contestataire dans la littérature ou le cinéma.

■ En France, les inégalités économiques ont-elles diminué depuis 1970 ?

À partir du thème « Quelles inégalités sont compatibles avec les différentes conceptions de la justice sociale ? », vous analyserez les inégalités de salaire, de revenu, de niveau de vie et de patrimoine pour montrer, grâce aux outils statistiques (écarts et rapports interdéciles, moyennes, médianes, etc.), que l'évolution des inégalités dépend en partie de l'outil de mesure.

À NOTER
Vous devez impérativement faire valider votre sujet par votre professeur de SES.

II Questions en lien avec une autre discipline

Croiser le travail de deux spécialités rendra vos recherches plus complexes, mais votre exposé sera aussi plus intéressant et valorisé par le jury.

La mondialisation est-elle profitable à tous ?

Le thème « Quels sont les fondements du commerce international et de l'internationalisation de la production ? » s'articule logiquement avec le grand thème de géographie « Les territoires dans la mondialisation : entre intégrations et rivalités ».

La croissance économique est-elle compatible avec l'environnement ?

Dans le programme de SES, les thèmes « Quels sont les sources et les défis de la croissance économique ? » et « Quelle action publique pour l'environnement ? » soulèvent le problème et apportent des pistes de solution. Vous pourrez aussi vous appuyer sur le thème du programme de spécialité HGGSP qui aborde « L'environnement, entre exploitation et protection : un enjeu planétaire », ou celui de SVT portant sur le réchauffement climatique.

zoOm

Se documenter en évitant les *fake news*

- Votre capacité à identifier des sources fiables et à les confronter est aussi évaluée. Pour vérifier les informations qui circulent sur Internet, utilisez un site de vérification comme le Decodex, conçu par le journal *Le Monde* (*www.lemonde.fr/verification/*).

- Comment repérer les *fake news* sur Internet ?

1. **Identifier la source** Explorez le site et déterminez sa finalité et son auteur.
2. **Vérifier la vocation du site** Assurez-vous que ce n'est pas un site humoristique ou satirique.
3. **Aller au-delà du titre** Le titre peut être racoleur : lisez l'article en entier.
4. **Vérifier la date** Un partage récent ne veut pas dire que l'article est d'actualité.
5. **Se renseigner sur l'auteur** Faites une recherche rapide sur l'auteur. Existe-t-il ? Est-il fiable ?
6. **Vérifier les sources** Si l'article indique ses sources, consultez-les pour vous assurer qu'elles confirment bien le propos.
7. **Évaluer ses préjugés** Analysez vos propres opinions, qui peuvent affecter votre jugement.
8. **S'adresser à des expert·e·s** Consultez un·e bibliothécaire, un·e enseignant·e, un site de vérification…

D'après la Fédération internationale des associations et institutions de bibliothèques (IFLA)

8 Trouver une question d'oral en HGGSP

En bref *Votre choix d'une question d'oral doit mettre en valeur un des grands enjeux du programme. À cette condition, elle peut traiter un exemple non étudié en cours, une question d'actualité, et même toucher un autre enseignement de spécialité.*

I Questions en lien avec le programme d'HGGSP

1 Des exemples non étudiés en cours

■ **Comment l'Inde est-elle devenue une puissance spatiale ?**

Cette question s'inscrit dans le thème 1 du **programme**, « De nouveaux espaces de conquête ». Vous présenterez les enjeux (scientifiques, géopolitiques, économiques) de la course à l'espace pour cet État puis les récents succès de la politique spatiale indienne.

À NOTER
Ce sujet peut également s'appuyer sur le programme de 1re, où il est question de l'Inde.

■ **Pourquoi peut-on parler de « guerre des mémoires » à propos de la guerre d'Algérie ?**

Cette question concerne le thème 3, « Histoire et mémoires ». En vous appuyant sur les travaux de Benjamin Stora, vous présenterez les enjeux, les acteurs et les répercussions contemporaines de ce conflit mémoriel.

■ **En quoi *L'Histoire du climat depuis l'an mil* d'Emmanuel Le Roy Ladurie (1990) est-il un ouvrage novateur ?**

Cette question s'inscrit dans le thème 5, « L'environnement, entre exploitation et protection ». Vous présenterez la méthode utilisée, les principaux apports historiques et l'éclairage que ce livre apporte sur le réchauffement climatique actuel.

2 Des exemples en lien avec une question d'actualité

■ **Pourquoi peut-on dire que le conflit yéménite se déroule à différentes échelles ?**

Ce sujet est lié au thème 2 du programme : « Faire la guerre, faire la paix ». Vous distinguerez les différentes échelles du conflit (nationale, régionale, mondiale) en lien avec ses acteurs et ses enjeux.

■ **Comment expliquer l'importance de la mobilisation pour la reconstruction de Notre-Dame de Paris ?**

Ce sujet porte sur le thème 4 : « Identifier, protéger et valoriser le patrimoine ». Vous soulignerez les différentes dimensions de cette mobilisation (culturelle, patrimoniale, économique, géopolitique) en précisant les acteurs concernés.

II Questions en lien avec d'autres spécialités

■ De nombreux croisements sont possibles avec la **spécialité SES**. Par exemple, le thème de SES « Quelle action publique pour l'environnement ? » peut être rapproché du thème 5 d'HGGSP (« L'environnement, entre exploitation et protection ») et donner matière à une question telle que : « La Californie est-elle un modèle de transition énergétique ? ».

■ La **spécialité HLP** (Humanités, littérature et philosophie) permet aussi des rapprochements, notamment autour de la thématique « L'humanité en question / Histoire et violence ». Par exemple : « Comment Primo Levi rend-il compte de la violence concentrationnaire dans *Si c'est un homme* ? » (thème 3 d'HGGSP, « Histoire et mémoires »).

zoOm

Faire le lien entre le programme et une question d'actualité

■ Vous devez d'abord **vous documenter**. Privilégiez des sources fiables et actualisées comme la presse généraliste (*Courrier international*) ou spécialisée (*Diplomatie*) ainsi que les ouvrages géopolitiques de référence (*La Géopolitique* de Pascal Boniface…).

■ Votre sujet doit avoir **un lien avec le programme.** Par exemple, un sujet sur la guerre au Yémen qui dure depuis 2013 s'intègre dans l'objet de travail conclusif consacré au Moyen-Orient (thème 2).

■ Vous devez choisir une formulation de la question permettant de **contextualiser** une partie du programme. Celui-ci mentionne les « conflits régionaux » et « des acteurs internationaux ». Vous pouvez mobiliser la notion d'échelle géographique pour problématiser votre sujet : « Pourquoi peut-on dire que le conflit yéménite se déroule à différentes échelles ? ».

La rivalité Iran-Arabie saoudite

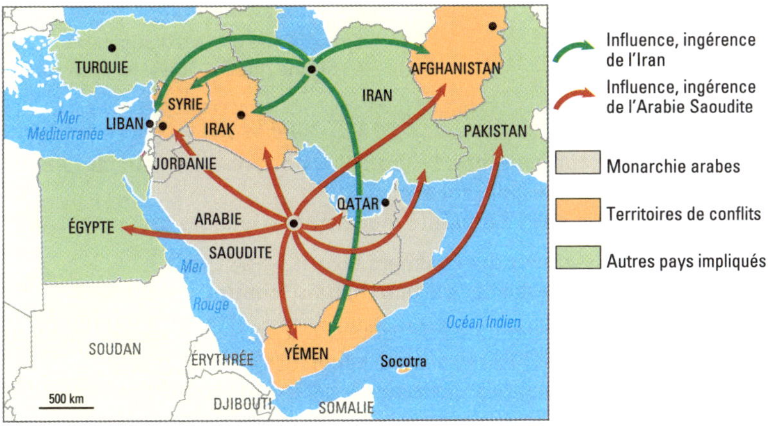

9 Trouver une question d'oral en HLP

En bref *Votre question d'oral doit mêler littérature et philosophie : vous pouvez vous appuyer sur l'analyse d'une œuvre, comparer ou confronter des auteurs, mais aussi faire des liens avec l'actualité des thèmes étudiés ou avec votre autre spécialité.*

I Questions en lien avec le programme d'HLP

Voici quelques pistes parmi tant d'autres possibles :

Thèmes	Idées de sujets
Les pouvoirs de la parole (1re)	• Être illettré empêche-t-il d'être compétent ? • Choisit-on d'écrire pour persuader les autres de quelque chose ?
Les représentations du monde (1re)	• L'exigence de vérité est-elle compatible avec le souci d'être tolérant ? • L'écrivain réinvente-t-il le monde en le décrivant ?
La recherche de soi (Tle)	• Pour mieux se connaître, faut-il vivre ses rêves ou les comprendre ? • Peut-on se raconter sur les réseaux sociaux ?
L'humanité en question (Tle)	• La technique peut-elle transformer l'homme comme elle a transformé la nature ? • Faut-il considérer l'histoire comme un roman vrai ?

II Questions en lien avec un autre enseignement

Vous pouvez également traiter une question adossée à la fois à HLP et à un autre enseignement de spécialité.

À NOTER
Sachez faire preuve d'originalité ! C'est une qualité que le jury appréciera.

Spé.	Idées de sujets
SVT	• Quelle représentation les humains doivent-ils se faire de la nature pour devenir responsables ? • Est-il vrai que l'humanité moderne fabrique ses propres maux ?
SES	• L'accroissement des échanges favorise-t-il la paix ? • L'éducation est-elle une marchandise comme une autre ?
HGGSP	• Le devoir de mémoire est-il concevable sans un travail de mémoire ? • La bataille de l'image a-t-elle supplanté le débat d'idée dans les démocraties modernes ?
LLCE	• La langue est-elle un moyen d'expression comme un autre ? • Est-il possible de traduire une œuvre littéraire sans la trahir ?

zoOm

Confronter les approches de deux spécialités

L'intérêt des questions adossées à deux enseignements de spécialité différents est de confronter les apports de l'un et de l'autre : ils se révéleront le plus souvent complémentaires.

- Dans le sujet « Est-il vrai que l'humanité fabrique ses propres maux ? », en lien avec les programmes de HLP et de SVT, le terme **« maux »** renvoie tout autant à la notion de « malheur » qu'à celle de « maladie ».

À NOTER
Une telle question intéressera notamment des élèves se destinant à des études dans le domaine de la santé ou du développement durable.

- On mobilisera ainsi, par exemple, la critique rousseauiste de la civilisation en plein cœur du siècle des Lumières, tout comme, d'autre part, des connaissances scientifiques sur le cancer, le stress et autres maladies considérées comme propres à la modernité.
- Les données de la science permettront de mieux apprécier la valeur de cette opinion, et la culture classique d'en mieux comprendre les origines. L'ensemble conduit à une réflexion sur les dangers d'un mode de vie jugé, à tort ou à raison, trop éloigné de la nature.

Jardin sur le toit d'un immeuble à New York : dans les grandes métropoles, la nature se trouve souvent réduite à portion congrue.

10 Trouver une question d'oral en anglais (AMC ou LLCE)

En bref *Ces deux spécialités ont un point commun : elles vous donnent la possibilité de présenter votre question en anglais. Ce défi supplémentaire peut jouer en votre faveur, à condition de choisir un sujet qui vous tienne vraiment à cœur et dont vous saurez parler avec enthousiasme.*

I Questions en lien avec le programme d'AMC

Le programme d'Anglais Monde Contemporain traite de problématiques actuelles et permet donc des croisements faciles avec HGGSP, SES, SVT ou HLP.

Axes d'étude	Sujets
Thématique 1 : « Faire société »	
1. Unité et pluralité	*How does the UK manage to integrate/ assimilate its multicultural groups?*
2. Libertés publiques et libertés individuelles	*Does freedom of speech guarantee or threaten public order in the US?*
3. Égalités et inégalités	*Can you still believe in the American Dream?*
Thématique 2 : « Environnements en mutation »	
1. Frontière et espace	*How are Inuit territory and heritage threatened by climate change?*
2. De la protection de la nature à la transition écologique	*How do American citizens and government try and fight against natural disasters?*
3. Repenser la ville	*Megacities (London, Mumbai, New York) : a threat to sustainability?*
Thématique 3 : « Relation au monde »	
1. Puissance et influence	*How effective is America's soft power through its films and series?*
2. Rivalités et interdépendances	*To what extent could the ownership of the North Pole be a benefit for Canada?*
3. Héritage commun et diversité	*Have Aborigines lost their identity in today's Australia?*

II Questions en lien avec le progamme de LLCE

Le programme de Langues, Littératures et Cultures Étrangères est plus littéraire et permet plutôt des croisements avec HLP, les Arts et éventuellement HGGSP.

Axes d'étude	Sujets
Thématique 1 : « Arts et débats d'idées »	
1. Art et contestation	*What were the attempts at criticising Victorian society through art and literature?*
2. L'art qui fait débat	*Does controversial art help society progress?*
3. L'art du débat	*Does debating mean empowerment?*
Thématique 2 : « Expression et construction de soi »	
1. L'expression des émotions	*Should artists/writers give vent to their emotions or keep them at a distance?*
2. Mise en scène de soi	*To what extent does an artwork define its creator?*
3. Initiation, apprentissage	*To what extent can art be a guide?*
Thématique 3 : « Voyages, territoires, frontières »	
1. Exploration et aventure	*How does art convey the myth of the Frontier in the US?*
2. Ancrage et héritage	*How is Celtic culture revived in art?*
3. Migration et exil	*What does it mean to be an exile from a former colony and live in the UK?*

zoOm

Faire le lien entre sa spécialité et son projet

L'axe 3.1 de LLCE et l'axe 2.1 d'AMC vous permettent tous deux d'étudier la conquête spatiale (*the Last Frontier*), mais l'une de manière plus littéraire (science-fiction, dystopie...), l'autre plus historique (enjeux politiques contemporains).

	LLCE	AMC
Vos centres d'intérêt	science fiction, cinéma	conquête spatiale
Votre projet	journalisme, audiovisuel	journalisme, sc.politiques
Votre 2e spé.	HLP ou cinéma-audiovisuel	HGGSP ou SES
Idées de sujets et pistes de réflexion	*What vision of the future does the Last Frontier create?* →Kennedy's Moon speech, sci-fi movies and novels, songs like *Space Oddity*...	*What are the political consequences of the conquest of space?* →Kennedy's Moon speech, space race with the USSR, superpowers vying for foothold on Mars...

MÉMO VISUEL

25 QUESTIONS

Sciences

Maths, Physique-chimie

- Comment Newton s'est-il appuyé sur les travaux de Galilée et de Kepler pour établir sa théorie de la gravitation universelle ?
- Comment modéliser l'évolution temporelle d'une population de noyaux radioactifs ?

Isaac Newton

Maths, SVT

- Comment les probabilités conditionnelles permettent-elles de modéliser l'évolution de la fréquence des allèles dans une population ?
- Comment évaluer la fiabilité d'un test de dépistage ?
- Quels paramètres prendre en compte dans l'élaboration des modélisations de la diffusion de l'épidémie de Covid-19 pour mettre en place des mesures sanitaires ?

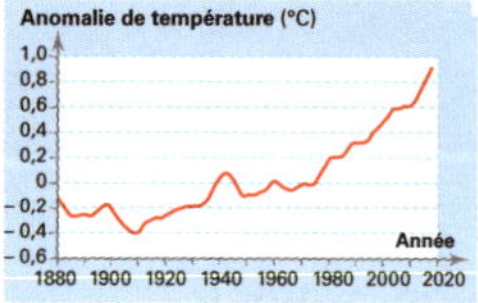

Physique-chimie, SVT

- Comment modéliser l'évolution de la température mondiale ?
- Comment la chimie dite « verte » est-elle au service de la protection de l'environnement ?
- Comment la thermodynamique contribue-t-elle à la modélisation de l'effet de serre ?

Sciences et sciences humaines

HGGSP, SVT

- Quelles sont les conséquences du réchauffement climatique dans les échanges économiques intercontinentaux ?
- La croissance est-elle compatible avec l'environnement ?
- Les sociétés humaines sont-elles dépendantes du climat ? L'exemple de l'Égypte

Sciences humaines, langues et littérature

SES, HGGSP, AMC

- La mondialisation est-elle profitable à tous ?
- L'accroissement des échanges favorise-t-il la paix entre les hommes ?
- *Megacities (London, Mumbai, New York) : a threat to sustainability ?*

HLP, SES

- L'éducation est-elle une marchandise comme une autre ?
- La bataille de l'image a-t-elle supplanté le débat d'idée dans les démocraties modernes ?

HLP, LLCE

- Est-il possible de traduire une œuvre littéraire sans la trahir ?
- Comment les langues évoluent-elles au cours du temps ?
- *Should artists/writers give vent to their emotions or keep them at a distance ?*

D'ORAL INTERDISCIPLINAIRES

HLP, Sciences

- Y a-t-il contradiction entre la prétention des sciences à la vérité et le fait qu'elles ont une histoire ?
- Un univers infini est-il possible ?
- Quelle représentation les hommes doivent-ils se faire de la nature pour devenir responsables ?

SES, Maths

- Comment la courbe de Lorenz et le coefficient de Gini permettent-ils d'étudier la répartition des revenus dans une population ?
- Comment estimer les ventes futures d'un produit ?
- Comment différencier le taux d'intérêt nominal et le taux d'intérêt réel d'un placement ou d'un emprunt ?

OBJECTIF GRAND ORAL

Le Grand Oral doit vous permettre de montrer en quoi les connaissances acquises grâce à vos enseignements de spécialité sont utiles à la poursuite de vos études et à la construction de votre projet professionnel. Le choix de la question est donc déterminant.

1 Trouver une question d'oral en maths

Associez à chaque filière post-bac une ou plusieurs questions d'oral.

1. DUT Informatique •
2. Licence Économie et gestion •
3. Classe préparatoire BCPST •
4. École d'ingénieur·e·s •

• a. Pourquoi les bulles de savon sont-elles sphériques ?

• b. Comment évaluer la fiabilité d'un test de dépistage ?

• c. Pourquoi et comment les compagnies de transport pratiquent-elles la surréservation ?

• d. Comment modéliser la forme d'un tas de sable ?

• e. Comment prévoir l'évolution d'un glacier ?

• f. Comment estimer les ventes futures d'un produit ?

2 Trouver une question d'oral en physique-chimie

Voici trois actualités scientifiques ou technologiques. Pour chacune :

a. Identifiez la ou les parties du programme de physique-chimie qui s'y rattachent.

b. Formulez une question qui articule le sujet de cette information et des notions de physique-chimie.

1. sept. 2020	Plan hydrogène : le gouvernement français mise sur le développement de l'hydrogène pour participer à la réduction des rejets carbonés de la France.
2. début 2020	Dans un contexte de crise sanitaire mondiale, de nombreux aéroports déploient un dispositif de caméras thermiques afin de vérifier la température des passagers.
3. mars 2019	Une nouvelle technique d'imagerie médicale dynamique par interférométrie, la *Multiple Exposure Speckle Imaging* (MESI), permet de cartographier *in vivo* les zones cérébrales activées par un stimulus.

3 Trouver une question d'oral en SVT

De toute l'année, le chapitre de SVT qui vous a le plus intéressé·e était celui qui traitait du fonctionnement des neurones et du cerveau. Vous avez décidé d'y consacrer votre question d'oral.

Imaginez l'intitulé de la question, selon que vous envisagiez :

a. des études de médecine

b. des études de physique

c. des études d'informatique.

4 Trouver une question d'oral en SES

Vous souhaitez trouver une question d'oral sur le thème du développement durable. Voici quelques propositions : avec quel(s) autre(s) thème(s) du programme pourriez-vous associer chacune de ces questions ?

> **CONSEIL**
> Reportez-vous à votre manuel de spécialité pour avoir la liste des différents thèmes au programme.

a. Le progrès technique permet-il de rendre la croissance économique soutenable ?

b. Les instruments de la politique climatique sont-ils efficaces ?

c. Comment les différentes formes d'action collective contribuent-elles à la défense de l'environnement ?

d. La croissance économique est-elle illimitée ?

5 Trouver une question d'oral en HGGSP

Les questions proposées ci-dessous constituent-elles des sujets d'oral valides ? Justifiez vos réponses en faisant le lien avec les enjeux du programme.

	Oui	Non
a. Quelles décisions sont prises lors de la conférence de Montego Bay ?	☐	☐
b. Comment la guerre du Golfe de 2003 et ses prolongements témoignent-ils des transformations des conflits armés actuels ?	☐	☐
c. Quelles sont les causes de la Première Guerre mondiale ?	☐	☐
d. Comment les différents usages de Versailles au XIXe siècle reflètent-ils un réaménagement de la mémoire ?	☐	☐
e. Quels sont les ressorts de la politique environnementale des États-Unis sous la présidence de Donald Trump ?	☐	☐

6 Trouver une question d'oral en HLP

Voici deux domaines d'étude susceptibles de vous intéresser si vous avez choisi la spécialité « Humanités, littérature et philosophie ».

1. Enseignement
2. Sciences politiques

Pour chaque domaine d'étude, imaginez :

a. Un premier intitulé de question d'oral, en lien avec une seule des entrées du programme de HLP.

b. Un deuxième intitulé de question d'oral, en lien avec au moins deux entrées différentes du programme.

RAPPEL

Les entrées du programme de HLP sont :

- Éducation, transmission et émancipation
- Les expressions de la sensibilité
- Les métamorphoses du moi
- Création, continuités et ruptures
- Histoire et violence
- L'humain et ses limites

7 Trouver une question d'oral en Anglais (AMC ou LLCE)

1. Spécialité AMC

Dans le programme AMC, vous êtes intéressé·e par la thématique 1 « Faire société », et plus particulièrement par l'axe 3 « Égalités, inégalités ».

Cochez les problématiques qui vous semblent pertinentes. Pour celles qui ne le sont pas, justifiez votre choix à l'aide des propositions ci-dessous.

sujet trop vaste • sujet trop pointu • sujet trop restreint • sujet hors programme • sujet non spécifique à l'aire anglophone • sujet non problématisé

☐ a. *How has gender inequality in household chores evolved?*

☐ b. *Is gender imbalance still true in Hollywood film industry?*

☐ c. *What is the gender pay gap situation in the UK?*

☐ d. *Has the UK managed to bridge the gender gap?*

☐ e. *Have women managed to break the glass ceiling?*

☐ f. *Are quotas an efficient way of fighting gender inequality in politics?*

☐ g. *How do English-speaking countries compare regarding the place of women in politics?*

☐ h. *The place of women in society.*

2. Spécialité LLCE

Dans le programme LLCER, vous êtes motivé·e par la thématique 1 « Art et débat d'idées » et en particulier l'axe 1 « Art et contestation ».

Cochez les problématiques qui vous semblent pertinentes. Pour celles qui ne le sont pas, justifiez votre choix à l'aide des propositions ci-dessous.

sujet trop vaste • sujet trop pointu • sujet trop restreint • sujet hors programme • sujet non spécifique à l'aire anglophone • sujet non problématisé

☐ a. *How does Oscar Wilde satirise Victorian upper classes?*

☐ b. *British cinema denouncing inequalities in the UK.*

☐ c. *How do postcolonial literature and art deal with British imperialism?*

☐ d. *Art as a form of propaganda.*

☐ e. *How was Victorian society criticised through art and literature?*

☐ f. *To what extent did Pre-Raphaelite painters challenge the standards of the Royal Academy?*

☐ g. *Is art an effective means of protest?*

☐ h. *The Celtic language spoken in Ireland.*

CORRIGÉS

OBJECTIF GRAND ORAL

1 Trouver une question d'oral en maths

1. L'informatique permet notamment l'élaboration d'algorithmes, la résolution rapide d'équations (par exemple dans le cadre d'une modélisation), la réalisation de simulations, et peut intervenir dans les questions a, c, d, e et f.

2. En économie, des modélisations mathématiques sont utilisées pour faire des prévisions et optimiser les coûts et les bénéfices : les questions c et f peuvent permettre de présenter des exemples.

3. En classe préparatoire BCPST, on étudie, entre autres, la biologie et la géologie : les questions b et e concernent ces deux domaines.

4. L'étude mathématique de la forme de certains objets, comme dans les questions a et d, peut permettre de trouver des solutions concrètes à des problèmes étudiés par certain·e·s ingénieur·e·s.

À NOTER

Quelle que soit l'orientation choisie, il est presque toujours possible de trouver un phénomène en lien avec celle-ci et faisant l'objet d'une modélisation mathématique. Le modèle mathématique est très souvent étudié à l'aide de l'informatique.

2 Trouver une question d'oral en physique-chimie

1. a. Derrière cette actualité se pose la question de la production du dihydrogène par électrolyse de l'eau. Cela relève de la partie de programme « Constitution et transformations de la matière » (et plus particulièrement des contenus « Constitution et fonctionnement d'un électrolyseur » et « Stockage et conversion d'énergie chimique »).
b. Exemples de questions : *Pourquoi l'électrolyse de l'eau contribue-t-elle à la réduction des rejets carbonés ?* ; *L'électrolyse de l'eau, quel défi pour la transition énergétique ?*

2. a. La technologie des caméras thermiques permet de faire des liens avec la partie de programme « Ondes et signaux. Décrire la lumière par un flux de photons ».
b. Exemples de questions : *Mesurer une température corporelle avec une caméra : comment ça marche ?* ; *Comment peut-on mesurer une température sans contact ?*

3. a. L'interférométrie est une technique de mesure ou d'observation utilisant des interférences, notamment lumineuses. Cela relève de la partie de programme : « Ondes et signaux. Caractériser les phénomènes ondulatoires ».
b. Exemples de questions : *Comment les interférences peuvent-elles être mises au service d'un diagnostic médical ?* ; *Quelle précision les méthodes interférométriques permettent-elles d'atteindre ?*

CONSEIL
Ne choisissez pas un sujet trop pointu qui risque de vous amener vers des notions scientifiques trop éloignées du programme.

3 Trouver une question d'oral en SVT

a. Un·e candidat·e aux études de médecine pourrait choisir d'axer sa question sur l'étude d'une maladie (génétique, infectieuse ou dégénérative) du système nerveux. Par exemple : *En quoi le fonctionnement des neurones est-il altéré chez les patients atteints de la maladie d'Alzheimer ?* ou *Comment diagnostiquer et traiter la sclérose en plaques ?*

b. Si vous vous destinez à des études de physique, c'est peut-être le rôle de l'électricité dans la transmission d'informations cérébrales qui vous intéresse. Vous pourriez vous demander par exemple : *De quoi dépend la vitesse de transmission des potentiels d'action le long des axones ?*

c. En informatique, les algorithmes de type « réseau neuronal » sont de plus en plus utilisés en intelligence artificielle ou en apprentissage profond (*deep learning*). Choisir une question en lien avec cette idée vous permettrait d'allier SVT et informatique, par exemple : *En quoi l'organisation des neurones dans le système nerveux central a pu inspirer certains algorithmes d'apprentissage ?*

4 Trouver une question d'oral en SES

a. C'est grâce au premier thème de l'année, « Quels sont les sources et les défis de la croissance économique ? », que vous répondrez à cette question, en opposant les deux théories de la soutenabilité.

b. Toutes les connaissances nécessaires sur ce sujet se trouvent dans le thème « Quelle action publique pour l'environnement ? », dans lequel trois instruments sont présentés à partir de leur efficacité et de leurs limites.

c. Ce sujet vous permet de **croiser deux chapitres** : le chapitre « Quelle action publique pour l'environnement ? », qui présente les différents acteurs qui luttent pour la préservation de l'environnement, ainsi que le chapitre « Comment expliquer l'engagement politique dans les sociétés démocratiques ? », dans lequel sont répertoriées les différentes formes de l'action collective.

À NOTER

En croisant plusieurs chapitres du programme vous augmentez la quantité de connaissances mobilisées, et donc la densité de votre oral. Cependant, vous vous exposez à davantage de questions : il vous faut donc une maîtrise plus large de votre programme.

d. Les limites écologiques de la croissance économique figurent dans le thème « Quels sont les sources et les défis de la croissance économique ? » ainsi que dans « Comment expliquer les crises financières et réguler le système financier ? ».

5 Trouver une question d'oral en HGGSP

a. Le sujet est non valide. La formulation de la question induit une réponse trop descriptive. Une proposition plus intéressante consisterait à mettre en évidence les logiques qui sous-tendent les ZEE, plutôt que de présenter simplement leur création.

b. Le sujet est valide. Implicitement, il permet de mettre en évidence le passage d'une guerre interétatique à un conflit asymétrique, ce qui est l'un des enjeux du travail sur les conflits au Moyen-Orient.

c. Le sujet est non valide. Le programme n'envisage pas d'aborder les causes de la Première Guerre mondiale en elles-mêmes mais d'étudier en quoi elles suscitent un débat historique avec des implications politiques.

d. Le sujet est valide. Il s'inscrit dans la thématique des usages sociaux et politiques du patrimoine.

e. Le sujet est valide. Il est lié à la problématique du programme portant sur la manière dont la question climatique met en jeu la coopération internationale.

6 Trouver une question d'oral en HLP

1. a. Un·e futur·e enseignant·e pourrait naturellement mobiliser l'entrée « Éducation, transmission et émancipation », en lien direct avec ses futures réflexions didactiques. Cela donnerait par exemple les questions suivantes :
- *Comment la figure de l'écolier est-elle représentée en littérature ?*
- *L'école doit-elle se contenter d'enseigner ce qui est utile ?*

b. On pourrait croiser cette entrée avec celle intitulée « Les expressions de la sensibilité », par exemple : *L'expression intime peut-elle être une forme d'émancipation ?*

2. a. Si vous vous destinez plutôt à des études de sciences politiques, il pourrait être intéressant de s'interroger sur la question de l'engagement citoyen. En écho avec

l'entrée « L'humain et ses limites », on peut imaginer une question fondée sur une étude d'œuvre : *En quoi* Le Meilleur des mondes *d'Aldous Huxley (1932) donne-t-il à réfléchir sur notre propre monde ?*

b. Si l'on croise « Création, continuités et ruptures » et **« Histoire et violence »**, on peut aboutir à une question telle que : *Quel regard les arts portent-ils sur la violence dans l'Histoire ?*

À NOTER
Ce thème vous permet de faire facilement le lien avec la spécialité HGGSP, complémentaire aux Humanités en vue d'études de sciences politiques.

7 Trouver une question d'oral en Anglais (AMC/LLCE)

1. Spécialité AMC

Les problématiques d et g sont pertinentes.

- Les sujets a, e et f sont non spécifiques à l'aire anglophone.
- Le sujet b est trop restreint (sauf pour des élèves qui suivent une spécialité Audiovisuel).
- Le sujet c est trop pointu et non problématisé.
- Le sujet h est trop vaste, non spécifique à l'aire anglophone et non problématisé.

2. Spécialité LLCE

Les problématiques c et e sont pertinentes.

- Le sujet a est trop restreint (il aborde uniquement un auteur).
- Le sujet b est trop restreint (il ne traite pas de littérature) et non problématisé.
- Le sujet d est non spécifique à l'aire anglophone et non problématisé.
- Le sujet f est trop pointu et trop restreint.
- Le sujet g est trop vaste et non spécifique à l'aire anglophone.
- Le sujet h est hors programme et non problématisé.

3 Préparer l'exposé

11 Construire sa présentation

En bref *Les recherches sur les questions choisies peuvent débuter assez rapidement dans l'année. Pour chacune, vous devez vous documenter et organiser vos idées, au fur et à mesure, en vue d'un exposé structuré.*

I Se documenter, chercher des idées

1 Se constituer une bibliographie pertinente

- Pour chaque question, établissez une liste de mots-clés : ils vont vous permettre d'interroger Internet mais aussi le catalogue de votre CDI ou de la médiathèque de votre quartier.
- Consultez les documents ainsi sélectionnés, des plus généraux (manuels, encyclopédies) aux plus spécialisés.
- Dans le cas de recherches sur Internet, pensez à **vérifier la fiabilité** des sites que vous consultez à l'aide de ces questions → FICHE 7 :

1. Qui est l'auteur du site ? Quelle est son expertise sur le sujet ?
2. De quand datent les informations ?
3. L'exposé est-il clairement construit, solidement argumenté ?

CONSEIL
Commencez par lire les informations données par la page de présentation du site, souvent intitulée « À propos ».

2 Garder la trace de ses recherches

- « Fichez » chacun des documents consultés : le support peut être, selon votre préférence, physique (fiche Bristol) ou numérique.
- Opérez un premier tri lors de la mise en fiche : reformulez les idées qui vous paraissent essentielles, en distinguant bien les arguments des exemples. Vous pouvez également recopier de courtes citations si elles vous paraissent particulièrement éclairantes.

CONSEIL
Notez précisément la source : le titre de l'ouvrage ou du site, le nom de l'auteur, la date de publication, ainsi que les pages consultées.

FICHE DOCUMENT

Source :

Sujet :

Idées clés :
-
-
-

Citation :

II Organiser ses idées

1 Plusieurs méthodes de classement

■ Au fil de vos prises de notes, vous allez être conduit·e à regrouper vos idées autour de lignes directrices : une organisation de votre exposé se dessine progressivement. Essayez de la traduire sous forme de carte mentale.

■ Si vous avez du mal à faire émerger les grands axes, vous pouvez recourir à la méthode des post-it.

1. Écrivez une idée clé par post-it.
2. Ajoutez, le cas échéant, des exemples sur des post-it d'une autre couleur.
3. Sur un mur, déplacez les post-it jusqu'à ce qu'ils s'enchaînent logiquement.

2 Le choix du plan

Votre plan dépend de la question choisie. Le plus souvent, cependant, vous avez le choix entre un plan thématique et un plan dialectique.

	Objectif	Type de question
Plan thématique	Il permet d'approfondir les différents aspects d'un sujet.	Il correspond à une question qui se subdivise en différentes sous-questions.
Plan dialectique	Il oppose deux thèses puis opère une synthèse des points de vue.	Il correspond à une question qui implique une discussion, un dilemme.

zoOm

Mettre son plan sous forme de carte mentale

1. Prenez une feuille blanche A4, en format paysage.
2. Notez la question au centre, dans un « noyau ».
3. Créez autant de « branches » que de grands axes (une couleur par axe).
4. Ramifiez les branches de manière à faire apparaître les idées clés.

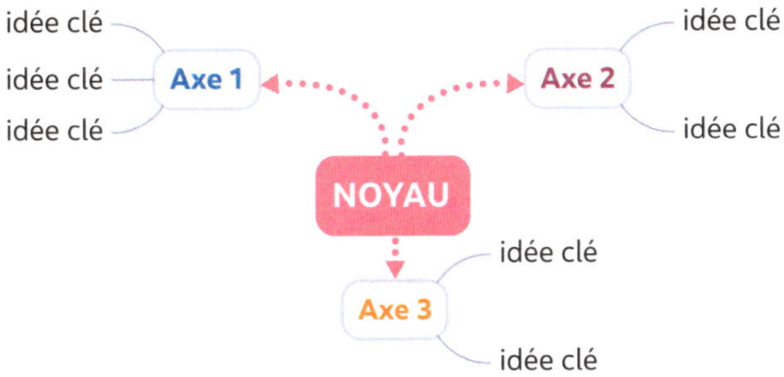

12 Préparer et mémoriser l'exposé

En bref *Le jour J, vous devrez faire votre présentation en cinq minutes, sans notes. Cela suppose un travail préparatoire important : de rédaction, de mémorisation et d'entraînement à la prise de parole.*

I Rédiger une trame précise

Une fois que vous êtes au clair sur la structure générale de votre exposé, vous devez mettre par écrit le déroulement de votre argumentation, sous la forme d'un plan semi-rédigé.

1 L'introduction

■ L'introduction doit montrer :
- que votre sujet est intéressant ;
- que vous l'avez bien cerné ;
- que votre plan découle de la question posée et y répond.

■ Elle comprend trois étapes qui s'enchaînent logiquement.

1. L'accroche	En une ou deux phrases, amenez progressivement votre sujet.
2. La question	Posez clairement la question à laquelle vous allez répondre et explicitez-la.
3. Le plan	Annoncez les deux ou trois grands axes, de manière que le jury comprenne d'emblée l'organisation de l'exposé.

2 Le corps de l'exposé

■ Recopiez le plan que vous avez établi et remplissez-le de manière télégraphique, à l'aide de listes à puces.

■ N'oubliez pas d'appuyer chaque argument par un exemple vérifié.

■ Distinguez bien les informations nécessaires à la bonne compréhension du sujet de celles qui sont secondaires et que vous pourrez préciser dans l'entretien.

3 La conclusion

■ Rédigez soigneusement la conclusion : le jour J, elle devra marquer votre auditoire.

■ Elle se compose de deux parties :

1. Le bilan	Reprenez les étapes du développement et répondez à la question initiale.
2. L'ouverture	Élargissez le champ de la réflexion à l'aide d'une citation, d'un fait d'actualité, d'une question proche...

CONSEIL
Une fois la trame mise au point, oralisez-la, de manière à vérifier qu'elle tient à peu près en 5 minutes.

II Mémoriser la présentation, puis simuler l'épreuve

Le contenu de l'exposé est prêt : il est temps de préparer sa restitution orale.

1 Faire travailler sa mémoire

■ Vous devez avoir une **connaissance précise** du contenu de votre exposé, de telle manière que les idées se rappelleront à vous naturellement le jour de l'épreuve et que vous pourrez consacrer toute votre attention à votre auditoire.

■ Pour ce faire, **sollicitez vos différentes mémoires** (visuelle, auditive, kinesthésique…) pour fixer le déroulement puis récitez-vous plusieurs fois à vous-même l'exposé, de manière à vous en souvenir durablement.

> **À NOTER**
> Des chercheurs ont prouvé qu'il faut refaire au moins sept fois le chemin vers un souvenir pour l'ancrer durablement.

2 Simuler un oral blanc

■ C'est à ce moment-là, quand vous avez mémorisé votre exposé, que vous devez faire appel à **votre entourage** – vos professeurs, vos parents ou vos camarades – pour leur demander de constituer votre premier auditoire.

■ Demandez-leur d'évaluer votre présentation selon ces trois principaux critères :

1. Pertinence	Ai-je bien répondu à la question posée ?
2. Clarté	Qu'est-ce qui était clair ? moins clair ?
3. Efficacité	Ai-je retenu votre attention ? Comment puis-je le faire mieux ?

■ N'hésitez pas également à leur demander de vous **poser des questions** sur le contenu de la présentation : cela vous entraînera pour l'entretien.

zoOm

Comment mémoriser efficacement ?

Pour mémoriser facilement

- **Comprendre**
  Vous devez être en mesure d'expliquer avec vos propres mots chaque notion ou processus évoqué.
- **Faire des liens**
  Plus l'enchaînement de vos idées est logique, plus il sera facile de le restituer sans perdre le fil.
- **Répéter de manière espacée**
  Essayez de présenter votre exposé de mémoire puis renouvelez l'expérience le lendemain, puis 3 jours après, puis une semaine après. Le contenu s'ancrera ainsi durablement dans votre mémoire.

13 Imaginer un support écrit

En bref *Vous avez la possibilité de remettre au jury un support écrit réalisé pendant le temps de préparation : schéma, frise chronologique, plan de l'exposé, carte mentale... Ce complément libre n'est pas évalué en tant que tel mais peut constituer un atout précieux pour votre présentation.*

I Comprendre le rôle du support

- L'objectif du **support** est d'aider le jury à bien comprendre un aspect de votre exposé ou à en suivre le fil. Vous le réalisez pendant le temps de préparation et le remettez au jury en entrant dans la salle. Il doit compléter votre présentation et non s'y substituer.

CONSEIL
La réalisation d'un support n'est pas obligatoire, mais autant profiter de la possibilité qui vous est offerte !

- Le support est un outil sur lequel vous pourrez vous appuyer pour clarifier et renforcer votre propos. Il doit être suffisamment simple et facile à comprendre pour ne pas détourner l'attention de votre présentation orale.
- Votre support ne doit en aucun cas être un texte rédigé : le jury ne pourra pas le lire tout en vous écoutant !

II Concevoir un support pertinent

- La forme du support dépend de votre sujet et de l'objectif recherché. Privilégiez une forme visuelle et assurez-vous qu'elle soit immédiatement compréhensible pour le jury.
- Voici quelques exemples :

Objectif recherché	Support possible
situer des événements dans le temps	frise chronologique
illustrer un mécanisme, un processus, un phénomène...	dessin, schéma, croquis, graphique...
synthétiser vos idées	carte mentale, schéma bilan
aider le jury à suivre votre propos	plan de la présentation, formule mathématique, citation ou court extrait littéraire que vous commentez à l'oral...

- Cette liste est loin d'être exhaustive : à vous de déterminer **le support le plus pertinent** pour votre sujet. Pour cela, identifiez les éléments les plus importants ou les plus complexes de votre exposé et demandez-vous quel type de support vous permettra de les communiquer efficacement.
- Veillez à ce que le support **s'intègre** bien à votre présentation et prévoyez à quel(s) moment(s) de l'exposé vous allez y faire référence.

zoOm

Réaliser un support visuel

- Lorsque vous préparez l'épreuve, gardez-en tête que le support doit être **facile à reproduire et à comprendre** le jour J : allez à l'essentiel et ne vous encombrez pas d'informations inutiles.
- Choisissez un **titre adapté** pour que le jury comprenne immédiatement de quoi il s'agit.
- Assurez-vous de respecter les codes et les contraintes de la forme choisie :

À NOTER
Quelle que soit la forme choisie, soignez l'écriture et la présentation pour garantir la clarté et la lisibilité de votre production.

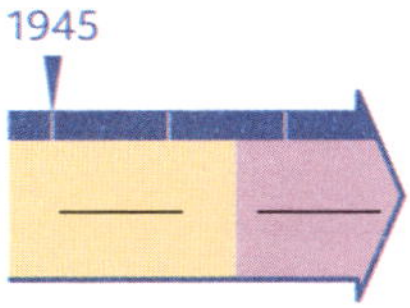

Sur une **frise chronologique**, nommez les périodes représentées et situez les événements ponctuels en respectant l'échelle de temps.

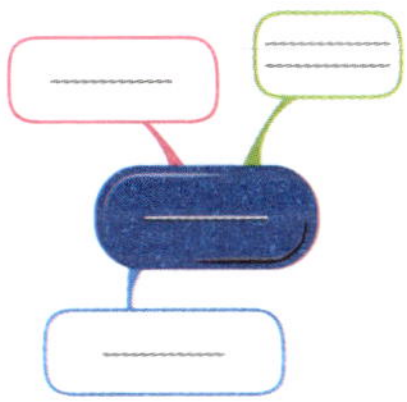

Dans le cas d'une **carte mentale**, hiérarchisez clairement les niveaux d'informations (majuscules/minuscules, épaisseur du trait, couleurs…)

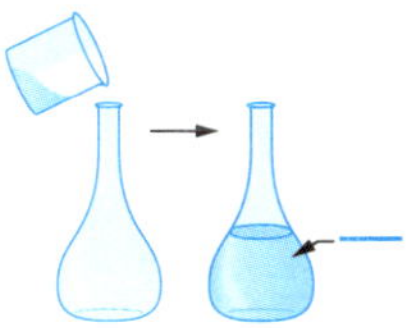

Pour un **schéma** ou un **croquis**, utilisez un code couleur et des symboles adaptés, explicités par une légende.

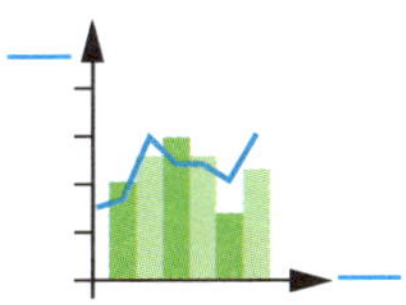

Sur un **graphique**, n'oubliez pas d'indiquer la nature des informations présentées et les unités utilisées.

MÉMO VISUEL

METTRE EN FORME

1 Effectuer des recherches

- Se constituer une liste de sources **fiables et variées**
- Faire des **fiches** sur les documents consultés
- **Classer** les informations obtenues

2 Organiser ses idées

- Identifier **2 ou 3 axes**
- Construire un **plan** (dialectique ou thématique)

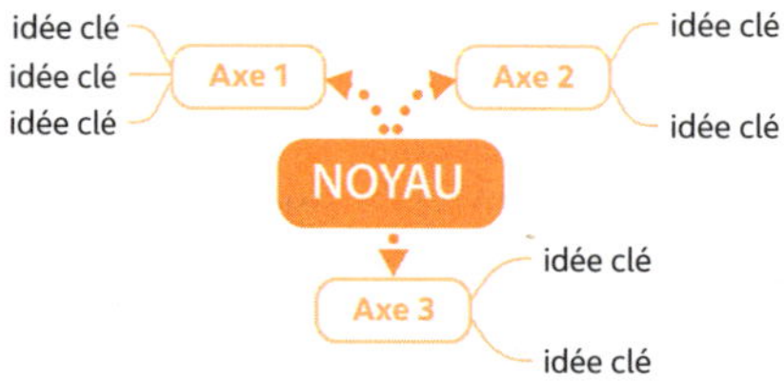

3 Rédiger la trame de l'exposé

- **Introduction** : accroche, question, plan
- **Développement** : arguments et exemples dans un ordre logique
- **Conclusion** : bilan, ouverture

4 Imaginer un support

- **adapté** au sujet
- **utile** au jury
- **facile** à mémoriser et à reproduire le jour J

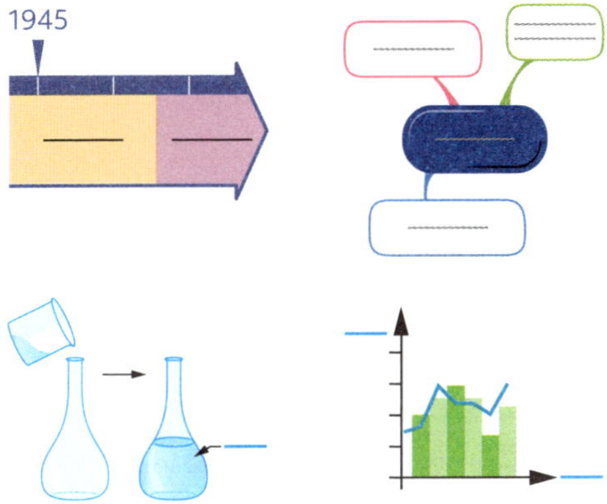

SON EXPOSÉ

5 Mémoriser la présentation

- **Répéter** plusieurs fois l'exposé avec ses notes sous les yeux
- S'entraîner à le présenter sans notes **de manière naturelle**

→ PAGES **102-103**

SE TESTER QUIZ

Vérifiez que vous avez bien compris les points clés des **fiches 11 à 13**.

1 Construire sa présentation

→ FICHE 11

1. En lien avec le programme de SVT, vous souhaitez travailler sur le rejet de greffe d'organe. Le(s)quel(s) de ces sites pourraient constituer un bon point de départ pour vos recherches ?

☐ **a.** *www.futura-sciences.com*
☐ **b.** *ouest-transplant.org*
☐ **c.** *fr.wikipedia.org*
☐ **d.** *www.notrefamille.com*

2. En lien avec le programme de HLP, vous voulez traiter la question : *George Sand était-elle féministe ?* Quel type de plan est le plus adapté ?

☐ **a.** dialectique ☐ **b.** thématique

2 Préparer et mémoriser l'exposé

→ FICHE 12

Vrai ou faux ?

	Vrai	Faux
a. Pour bien mémoriser sa présentation, il suffit de la lire plusieurs fois.	☐	☐
b. Il est préférable d'improviser en grande partie le jour de l'oral.	☐	☐
c. Dans l'introduction, vous devez expliquer pourquoi vous avez choisi ce sujet.	☐	☐

3 Imaginer un support écrit

→ FICHE 13

1. Le support écrit :

☐ **a.** est réfléchi en amont de l'oral
☐ **b.** est réalisé le jour de l'oral
☐ **c.** dépend du sujet

2. En lien avec le programme de maths, vous voulez présenter la question : *Quelles sont les grandes étapes historiques de l'élaboration du raisonnement par récurrence ?* Quelle forme de support vous semble la plus adaptée ?

☐ **a.** le plan de votre exposé
☐ **b.** une frise chronologique situant les différentes étapes évoquées
☐ **c.** un exemple de démonstration utilisant le raisonnement par récurrence

OBJECTIF GRAND ORAL

4 Élaborer le plan d'une question d'oral en maths

Les mouvements de foule occasionnent parfois des catastrophes (Duisbourg en 2010, La Mecque en 2015...). Grâce à la modélisation mathématique, il est possible d'anticiper de tels drames en étudiant les mouvements des foules pour optimiser par exemple le nombre et la localisation des issues de secours.

LA QUESTION

« Comment modéliser les mouvements d'une foule ? »

Élaborez un plan qui permettrait de répondre à cette question.

LA FEUILLE DE ROUTE

Étape 1 Cerner le sujet et mobiliser ses idées

- Notez d'abord les **questions** qui vous viennent à l'esprit :

• Pourquoi ces catastrophes ont-elles fait autant de victimes ? Quelles sont les circonstances « aggravantes » ?

• Comment savoir si un lieu peut être évacué rapidement en cas d'urgence ?

• Comment prévoir la réaction des individus ? Quels grands principes régissent les comportements individuels et collectifs des personnes ?

• Quels sont les modèles mathématiques déjà considérés ? Que prennent en compte ces modèles ? Quelles conclusions tire-t-on de leur utilisation ?

- Essayez ensuite de dégager un **enchaînement logique** de ces idées, quitte à en écarter certaines.

Étape 2 Bâtir le plan

Vous pouvez débuter votre exposé par un **constat** (contexte et circonstances, obstacles...), puis présenter un **modèle mathématique** permettant de décrire les mouvements d'une foule dans une situation d'urgence, en justifiant le choix de ce modèle, et terminer en exposant les **applications** mises en œuvre.

→ CORRIGÉ p. 62

5 Élaborer le plan d'une question d'oral en physique-chimie

Les techniques de conservation des aliments vous intéressent particulièrement et/ou vous souhaitez intégrer une classe préparatoire BCPST ou une école d'ingénieur en cinq ans spécialisée dans l'agroalimentaire.

LA QUESTION

« Comment la dégradation des aliments peut-elle être ralentie ? »

Élaborez un plan qui permettrait de répondre à cette question.

LA FEUILLE DE ROUTE

Étape 1 Cerner le sujet et mobiliser ses idées

- Cet énoncé comporte deux volets : d'une part, les transformations chimiques à l'origine de la dégradation des aliments, et d'autre part, les techniques de conservation qui permettent de ralentir ces transformations.

- Identifiez les notions scientifiques à mobiliser et choisissez quelques exemples pour les illustrer.

• **Dégradation des aliments :** oxydation, hydrolyse des triglycérides (dégradation des lipides), catalyse, facteurs favorisant la dégradation (facteur cinétique température, dioxygène, lumière, micro-organismes...).

→ exemples : brunissement des fruits, rancissement du beurre, caillage d'un lait...

• **Processus physico-chimiques** intervenant lors des techniques de conservation : baisse de la température, utilisation de la chaleur, atmosphère contrôlée, élimination de l'eau, conservateurs chimiques, antioxydants, rayonnements ionisants, emballage...

→ exemples de procédés de conservation : congélation, lyophilisation, pasteurisation, acidification, fumage, ionisation...

Étape 2 Bâtir le plan

- Le sujet est vaste et touche aux programmes de physique-chimie et de SVT. Des choix sont nécessaires pour ne pas tomber dans le travers d'un catalogue trop descriptif.

- Pour que l'exposé montre vos capacités d'**argumentation scientifique**, il est préférable de ne pas viser l'exhaustivité et d'axer l'exposé sur les processus physico-chimiques et biologiques mis en œuvre lors des techniques de conservation des aliments. Prenez éventuellement appui sur les résultats d'expériences que vous avez réalisées pour préparer cet oral.

→ CORRIGÉ p. 63

6 Élaborer le plan d'une question d'oral en SVT

La greffe de tissus permet de sauver des grands brûlés (greffe de peau), de redonner la vue aux personnes malvoyantes (greffe de cornée), ou de restaurer une fonction défaillante (greffe d'organe, aussi appelée transplantation). Une question sur ce thème peut vous intéresser, notamment si vous vous destinez à des études de médecine ou de biologie.

LA QUESTION

« Comment réussir une greffe de tissu ? »

Élaborez un plan qui permettrait de répondre à cette question.

LA FEUILLE DE ROUTE

Étape 1 Cerner le sujet et mobiliser ses idées

- Dans le cas de la greffe de tissus provenant d'un individu de la même espèce (**allogreffe**), le tissu du donneur est reconnu par l'organisme receveur qui déclenche une réaction immunitaire : c'est ce qu'on appelle le rejet.

> **À NOTER**
> Pour les autres types de greffes (autogreffe, xénogreffe), le rejet est plus difficile à expliquer. Il vaut mieux n'en parler que dans l'introduction ou conclusion.

- Pour ce sujet sur le rejet, faites la liste des thèmes qu'il vous faut évoquer pour répondre à la question :
  - les différents organismes donneurs potentiels ;
  - les mécanismes à l'origine du rejet de greffe ;
  - les précautions qu'on doit prendre dans le choix du donneur pour limiter le rejet de greffe ;
  - les médicaments permettant de limiter le rejet, et leur mécanisme d'action.

Étape 2 Bâtir le plan

- Le plus souvent, votre plan doit vous permettre d'organiser en deux ou trois parties principales les idées que vous avez listées en cernant le sujet.
- Un **plan** expliquant d'abord les mécanismes à l'origine du rejet, et qui s'intéresse ensuite aux précautions et aux moyens permettant de limiter ou d'empêcher ces mécanismes, permet de répondre efficacement à la question.

→ CORRIGÉ p. 64

> **À NOTER**
> Pour chaque question, il existe de multiples plans possibles. Ne cherchez pas l'originalité à tout prix : le meilleur plan est celui que vous maîtrisez !

7 Élaborer le plan d'une question d'oral en SES

Vous souhaitez devenir sociologue et travailler sur l'aménagement urbain. Pour mieux saisir la diversité urbaine, il vous faut maîtriser les différentes manières de mesurer des inégalités.

LA QUESTION

« Quelles sont les spécificités économiques et sociales d'un quartier populaire ? »

Élaborez un plan qui permettrait de répondre à cette question.

LA FEUILLE DE ROUTE

Étape 1 Cerner le sujet et mobiliser ses idées

- Pour déterminer les spécificités économiques et sociales d'un « quartier populaire », vous allez nécessairement être amené·e à **comparer** des variables économiques et sociales issues de villes ou des quartiers différents.

À NOTERW

L'observatoire des inégalités (*www.inegalites.fr*) recense gratuitement sur son site la plupart des inégalités, y compris territoriales.

- Le plus simple est de sélectionner deux villes suffisamment inégales pour que la démonstration soit indiscutable. Pour mener à bien votre étude, choisissez des villes pour lesquelles les données sont accessibles. N'hésitez pas à chercher des travaux déjà réalisés.
- Par exemple, il y a moins de 5 % de logements sociaux à Neuilly-sur-Seine et un habitant gagne en moyenne 3 700 euros par mois alors qu'à Clichy-sous-Bois il y a 59 % de logements sociaux et le salaire moyen s'élève à 1 300 euros par mois.

Étape 2 Bâtir le plan

- Un plan en deux parties est pertinent mais il ne faut pas présenter dans une première partie une ville et l'autre dans la deuxième partie.
- Choisissez un plan thématique dans lequel vous comparerez les villes du point de vue des inégalités économiques puis des inégalités sociales.

→ CORRIGÉ p. 65

À NOTER

Ce sujet est aussi l'occasion d'utiliser diverses méthodes mathématiques au programme de SES.

8 Élaborer le plan d'une question d'oral en HGGSP

En choisissant un sujet en lien avec l'actualité géopolitique, vous mettez un certain nombre d'atouts de votre côté : vous captivez l'attention du jury ; vous rendez plus concret le temps d'échange avec celui-ci en vous appuyant sur des exemples récents ; vous montrez votre aptitude à vous tenir au courant de l'histoire immédiate.

LA QUESTION

« Quels sont les enjeux pour la Chine de ses revendications maritimes en mer de Chine ? »

Élaborez un plan qui permettrait de répondre à cette question.

LA FEUILLE DE ROUTE

Étape 1 Cerner le sujet et mobiliser ses idées

■ Ce sujet comporte deux notions clés :
– les « enjeux » pour la Chine, tant économiques que politiques ;
– les « revendications maritimes », c'est-à-dire les espaces maritimes que la Chine cherche à contrôler.

■ Il s'agit d'un sujet analytique : vous devez mettre en évidence les raisons pour lesquelles la Chine, puissance régionale et mondiale, revendique différents archipels de mer de Chine, au détriment de ses **voisins**.

À NOTER
L'échelle du sujet est régionale : il porte sur la mer de Chine et l'ensemble des États riverains, du Japon à la Malaisie.

■ Posez-vous des questions pour faire émerger des idées :
• Quels sont les différents espaces et territoires concernés par les revendications chinoises ? À quels États appartiennent-ils ?
• Quels types d'enjeux peut-on distinguer ? À quelles échelles ?
• Quels points de vue adopter pour donner une vision critique de la question ?

Étape 2 Bâtir le plan

■ Il est logique de présenter dans un premier temps l'ensemble des revendications maritimes chinoises. Un support sous forme de croquis peut être pertinent, même si la cartographie de la région est complexe.

■ Dans un second temps, vous devez souligner les enjeux économiques soulevés par ces revendications car ils sont déterminants. Vous distinguerez échelle régionale et échelle mondiale.

■ Enfin, vous préciserez leurs enjeux politiques, en prenant en compte différentes échelles comme précédemment.

→ CORRIGÉ p. 66

9 Élaborer le plan d'une question d'oral en HLP

Vous vous destinez par exemple à des études de sciences politiques ou de droit international. Vous décidez de croiser vos deux enseignements de spécialité, HLP et HGGSP, autour du thème de la guerre : toute guerre apporte son lot d'horreurs, mais n'est-il pas parfois justifié de prendre les armes ? Et ne dit-on pas qu'il y a des « lois de la guerre » ?

LA QUESTION

« La guerre peut-elle être juste ? »

Élaborez un plan qui permettrait de répondre à cette question.

LA FEUILLE DE ROUTE

Étape 1 Cerner le sujet et mobiliser ses idées

- Le mot **« guerre »** recouvre des réalités très différentes. Réfléchissez aux **différents emplois** qu'on peut en faire, depuis le sens strict de conflit armé jusqu'aux sens métaphoriques. Servez-vous des classifications opérées en HGGSP pour spécifier les types de conflit.

> **À NOTER**
> Évitez de construire le propos autour d'une suite d'exemples : il faut conceptualiser.

- La notion de **justice** invite aussi à quelques **distinctions** : parle-t-on d'une guerre juste au sens où sa cause est légitime (par exemple combattre l'Allemagne nazie ou l'État islamique), ou bien veut-on dire par là qu'une guerre peut être conduite d'une façon légale, conforme à certaines règles (par exemple les conventions de Genève) ?

Étape 2 Bâtir le plan

- Commencez par formuler ces distinctions et montrez que la guerre peut faire l'objet d'un **processus de légitimation ou de légalisation** : utilisez pour cela des exemples historiques et des références philosophiques ou littéraires.
- Telle qu'elle est formulée, la question laisse cependant entendre que la guerre est **fondamentalement injuste**, non seulement pour les crimes auxquels elle donne lieu, mais aussi parce qu'en tant que règlement d'un conflit par la force, elle est incompatible avec le droit.

> **À NOTER**
> Votre plan doit refléter un chemin de pensée, mais aussi un parti que vous voulez défendre.

→ CORRIGÉ p. 67

10 Élaborer le plan d'une question d'oral en AMC

Vous êtes intéressé·e par la culture irlandaise et l'histoire contemporaine, plus particulièrement les guerres civiles récentes. L'exemple suivant vous permet de réunir ces deux thèmes.

LA QUESTION

"How does space in Northern Ireland reflect the troubled past?"

Élaborez un plan qui permettrait de répondre à cette question.

À NOTER

- Dans le cadre de la spécialité LLCE, vous pourriez choisir une question comme : *How does Northern Irish culture reflect the country's legacy and territory?*
- Pistes de références culturelles à mobiliser dans ce cas :
  - des romans comme *The Chronicles of Narnia* (C. S. Lewis, 1950-1956), *Hidden symptoms* (D. Maddon, 1986) ;
  - le poème "Belfast" de F. L. McNeice (1931) ou le recueil *Death of a Naturalist* de S. Heaney (1966) ;
  - les films de Ken Loach (*Hidden Agenda,* 1990 ; *The Wind that Shakes the Barley*, 2006) ;
  - des chansons engagées ("Zombie", The Cranberries ; "Bloody Sunday", U2 ; etc.).

LA FEUILLE DE ROUTE

Étape 1 Cerner le sujet et mobiliser ses idées

- En lien avec l'axe du programme « Frontière et espace », il est question de la division de l'Irlande du Nord, notamment dans certaines villes, entre les communautés religieuses, sociales et politiques. « *Troubled past* » renvoie à la construction historique de ces frontières.
- Listez les différents espaces à prendre en compte : espaces géographiques (villes, quartiers) mais aussi symboliques (*murals, peace lines/peace walls*...). Vous pouvez faire une carte mentale pour organiser vos idées.

À NOTER

Au cours de vos recherches, gardez votre problématique sous les yeux pour vous y référer souvent et ne pas faire de hors sujet.

Étape 2 Bâtir le plan

Un plan chronologique peut être pertinent : il est logique de remonter à l'origine du conflit (sans trop développer une question qui est très complexe), puis de voir comment le conflit a fracturé l'espace et continue de marquer le ou les territoires.

→ CORRIGÉ p. 68

À NOTER

Évitez un plan en deux parties, aspect géographique (*space*) et aspect historique (*troubled past*) : vous devez croiser les deux.

CORRIGÉS

SE TESTER QUIZ

1 Construire sa présentation

1. Réponses a et c. Ces deux sites (respectivement un média scientifique et une encyclopédie) vous donneront de premières informations *a priori* fiables sur le sujet. L'adresse du site **b** suggère qu'il s'agit d'une association, la fiabilité des informations est donc plus incertaine. Le site **d** n'est pas un site scientifique.

2. Réponse a. Un plan dialectique vous permettra de répondre de manière nuancée à la question.

2 Préparer et mémoriser l'exposé

a. Faux. Le plus efficace est de s'entraîner à délivrer sa présentation de mémoire : ce sera difficile au début, puis de plus en plus facile après quelques tentatives.
b. Faux. Présenter votre exposé avec naturel n'est pas la même chose que de l'improviser : plus vous maîtriserez votre sujet, plus vous serez à l'aise.
c. Vrai. Montrez que la question vous a véritablement intéressé·e.

3 Imaginer un support écrit

1. Réponses a, b et c. Vous ne pouvez pas venir avec un document déjà préparé mais vous devez avoir votre support bien en tête pour pouvoir le réaliser facilement le jour J. Sa forme dépend du sujet choisi.

2. Réponse b. Une frise chronologique aidera le jury à visualiser les grandes étapes que vous évoquez.

OBJECTIF GRAND ORAL

4 Élaborer le plan d'une question d'oral en maths

Introduction

- Mise en contexte et énoncé de la problématique.
- Justification du choix de s'intéresser particulièrement aux mouvements d'une foule **en situation d'urgence**.
- Annonce du plan.

> **À NOTER**
> Prévoir les déplacements peut avoir d'autres objectifs qu'assurer la sécurité, par exemple optimiser l'emplacement d'une boutique, d'un panneau publicitaire…

I. Causes et conséquences des mouvements de foule

- Des événements, *a priori* festifs, ont parfois viré au drame.
- Si la densité d'individus atteint un seuil critique, le moindre mouvement provoque une vague de bousculade qui se propage à travers la foule.
- Les ondes de choc qui en résultent font chuter les individus, qui peuvent mourir par asphyxie compressive.

II. Un modèle mathématique

■ Deux approches possibles :
– macroscopique : on considère la foule dans son ensemble ;
– microscopique (ou granulaire) : on l'étudie individu par individu.
C'est cette approche qui est détaillée ici.

■ Chaque personne est assimilée à un disque rigide, ces disques ne peuvent pas se chevaucher. On tient compte des comportements individuels, des interactions entre individus, de la topographie des lieux.

■ On suppose que chacun prend à tout instant la direction dans laquelle sa distance à la sortie (son « insatisfaction ») diminue le plus. On minimise l'insatisfaction totale, somme de toutes les insatisfactions.

■ On introduit les notions de vitesse souhaitée et de vitesse réelle.

■ À l'aide d'équations différentielles, on étudie l'évolution, en fonction du temps et de la position, de la densité de la foule.

III. Les applications

■ Conception de bâtiments où les temps de sortie sont optimisés.

■ Développement de nouveaux outils de planification des risques.

Conclusion

Prévoir les mouvements de foule permet d'assurer la sécurité des personnes, mais aussi de décrire d'autres phénomènes, comme des mouvements de cellules par exemple. La modélisation a aussi des applications à l'animation graphique (« foules virtuelles »).

5 Élaborer le plan d'une question d'oral en physique-chimie

Introduction

[Mise en contexte et énoncé de la problématique]
• Quelques exemples de dégradation des aliments (pourrissement d'un fruit, moisissures, changement de couleur d'une viande...) et/ou de techniques ancestrales de conservation des aliments (salage, fumage...).
• Facteurs influençant cette dégradation en y associant les processus physico-chimiques mis en jeu lors des techniques de conservation.
[Annonce du plan] Le sujet se prête bien à un plan en deux parties : I. les procédés physiques de conservation des aliments ; II. les procédés chimiques.

> **À NOTER**
> Il est important de choisir des exemples qui permettent de mobiliser des notions variées du programme de physique-chimie (cinétique chimique, oxydoréduction, chimie organique, transformations nucléaires) et de SVT.

I. La conservation par procédé physique

■ **Le refroidissement**
• Facteur cinétique température et interprétation microscopique de ce facteur.

• Influence de la température sur la vitesse des transformations biochimiques et le développement des micro-organismes.
• Techniques de réfrigération, **congélation ou surgélation**. L'importance de ne pas rompre la chaîne du froid peut être expliquée.

> **À NOTER**
> Lors d'une congélation ou d'une surgélation, l'eau devenue solide est aussi moins disponible pour des transformations biochimiques de dégradation.

■ **L'ionisation**
Des rayonnements gamma pour détruire les micro-organismes à l'origine de la dégradation des aliments. La dose et le pouvoir pénétrant peuvent être évoquées dans le contexte d'un exemple (ionisation des fruits).

II. La conservation par procédé chimique

■ **Les antioxydants :** mode d'action, exemple de l'acide ascorbique (vitamine C).

■ **La conservation par acidification :** principe général d'une fermentation, exemple de la fermentation lactique.

Conclusion

[Synthèse] Multiplicité des techniques de conservation, dont certaines très anciennes, et optimisation grâce à la compréhension des processus physico-chimiques qui les fondent.
[Ouverture] Techniques nouvelles : microfiltration, chauffage ohmique...

6 Élaborer le plan d'une question d'oral en SVT

Introduction

• Mise en contexte et énoncé de la problématique.
• Définition des **différents types de greffe**, et justification du choix de s'intéresser particulièrement aux allogreffes.
• Annonce du plan.

> **À NOTER**
> Dans le cas de l'autogreffe, c'est-à-dire lorsque le greffon appartient au receveur, il n'y a *a priori* pas de rejet.

I. Les mécanismes à l'œuvre lors du rejet de greffe

■ Présentation rapide des cellules du système immunitaire adaptatif (lymphocytes T) à l'origine de la reconnaissance et de l'élimination des cellules étrangères, donc du rejet de greffe.

■ Le rejet de greffe dépend des marqueurs présentés par le greffon :
• Les globules rouges ont à leur surface les marqueurs du groupe sanguin (chromosome 1, 3 allèles) et du rhésus (chromosome 9, 2 allèles).
• Les autres cellules présentent les marqueurs du CMH de classe I, dont il existe trois gènes aux nombreux allèles : HLA-A, B et C.
• Les globules blancs présentent en plus les marqueurs du CMH de classe II (3 gènes très diversifiés : HLA-DP, DQ et DR).

II. Comment maximiser les chances de réussite de la greffe

■ Choisir un donneur aux marqueurs compatibles avec ceux du receveur :
• **Transfusion de sang** : un receveur AB+ ne rejette le sang d'aucun donneur, mais un O^- n'accepte que les sangs de donneurs O^- (soit 6 % des Français).
• **Greffe d'organe** : le donneur doit avoir les mêmes marqueurs CMH que le receveur. Vu la diversité allélique, la probabilité d'avoir deux personnes avec les mêmes marqueurs est quasi-nulle, sauf s'ils sont de la même famille. En effet, comme tous les gènes du CMH sont sur le chromosome 6, les frères et sœurs du receveur ont 25 % de probabilité d'avoir les mêmes marqueurs du CMH (sauf en cas de recombinaison par crossing-over).

■ Prendre des immunosuppresseurs, telles les molécules empêchant l'action de l'interleukine 2, pierre angulaire de l'immunité adaptative.

Conclusion

• Une phrase de bilan sur l'allogreffe.
• Une phrase d'ouverture, par exemple sur les espoirs liés aux **xénogreffes**.

> **À NOTER**
> Le cas d'un donneur appartenant à une espèce différente mais proche du receveur (xénogreffe) est pour l'instant à l'état expérimental.

7 Élaborer le plan d'une question d'oral en SES

Introduction

• Accroche sur l'impact inégal de la Covid dans les deux villes que vous avez étudiées.
• Définition du terme **« inégalité »**, qui peut être économique ou sociale.
• Annonce du plan.

> **À NOTER**
> Certaines inégalités sont justifiées si elles sont liées au mérite et il s'agit ici de montrer qu'elles sont cumulatives.

I. Des inégalités économiques importantes…

■ Comparaison des taux de chômage entre les deux villes en utilisant les pourcentages et les points de pourcentage.

■ Mise en évidence d'autres inégalités économiques, comme le niveau de salaire grâce à un rapport inter-déciles, le patrimoine, etc.

■ Nuancer en vous intéressant à des inégalités plus faibles, comme l'accès aux biens de consommation (voiture, Internet, etc.)

> **À NOTER**
> En fonction du calcul utilisé, les inégalités paraîtront plus ou moins importantes.

II. … aggravant les inégalités sociales

■ Comparaison des catégories sociales présentes (cadres ou ouvriers), du nombre de logements sociaux et de la proportion de maisons individuelles.

■ Analyser les villes d'un point de vue scolaire : nombre de diplômés, présence d'établissements reconnus…

■ Nuancer en répertoriant les équipements publics présents, l'importance du tissu associatif, etc.

Conclusion

- Confirmer que les inégalités sont multiformes et cumulatives.
- Proposer une ouverture sur les chances de mobilité sociale.

8 Élaborer le plan d'une question d'oral en HGGSP

Introduction

- Contextualisation et définition des mots clés.
- Formulation de la problématique.
- Annonce du plan.

I. Les multiples revendications maritimes chinoises en mer de Chine

- La Chine revendique les îles japonaises Senkaku (Diaoyu pour les Chinois).
- Elle entend maintenir sa présence militaire sur les îles Paracels perdues par le Vietnam en 1974.
- Elle dispute à cinq États riverains (Taïwan, Vietnam, Malaisie, Philippines, Brunei) la souveraineté sur les îles Spratley.

II. Des enjeux économiques vitaux pour la Chine

- La maîtrise de la mer de Chine orientale et méridionale est essentielle pour son commerce : 80 % de ses importations transitent par cette mer.
- La mer de Chine recèle d'importantes réserves de gaz et de pétrole dont la Chine est le premier consommateur mondial, d'où les demandes d'extension de la zone économique exclusive.
- S'y ajoutent d'abondantes ressources halieutiques indispensables à la consommation de 1,4 milliard d'habitants.

III. Des enjeux politiques majeurs

- Par ses revendications maritimes, la Chine veut affirmer sa puissance face à ses rivaux régionaux, notamment le Japon et le Vietnam avec lesquels subsistent des contentieux historiques.
- Il s'agit également de montrer sa force aux États-Unis, qui disposent de bases militaires (au Japon et en Corée du Sud) et d'une flotte. C'est pourquoi la Chine renforce sa présence navale dans la région.
- Stratégiquement, la mer de Chine est la voie de passage obligée pour les sous-marins nucléaires chinois.

Conclusion

[Synthèse] Répondre à la problématique en reprenant les principales informations de chacune des parties.

[Ouverture] Comparer avec d'autres situations d'actualité : d'autres espaces maritimes, comme la Méditerranée orientale (opposition Turquie/Grèce), sont le lieu de tensions internationales.

9 Élaborer le plan d'une question d'oral en HLP

Introduction

- Énoncé du sujet : partez du paradoxe consistant à associer guerre et justice.
- Définissez les termes du sujet (guerre, justice) et présentez le problème.
- Annoncez le plan.

I. Les voies d'une justification de la guerre

■ Présentation des **différents types de guerre** (interétatique/intraétatique, conventionnelle/irrégulière, symétrique/asymétrique) : certaines guerres apparaissent plus justes que d'autres parce que leur cause est légitime. Ex. : les combattants républicains lors de la guerre civile espagnole dans Malraux, *L'Espoir* (1937).

■ Centrage sur le **conflit armé entre nations** c'est-à-dire entre puissances légitimes : la guerre est un attribut de la souveraineté, par elle les États défendent leurs intérêts. C'est la « continuation de la politique par d'autres moyens » (Clausewitz, *De la guerre*, 1832).

■ Distinction classique du **droit à la guerre** (*jus ad bellum*) et du **droit de la guerre** (*jus in bello*) : si la guerre est inévitable, on peut essayer de la régler (cf. Grotius, *Du Droit de la guerre et de la paix*, 1625).

II. L'incompatibilité de la guerre et du droit

■ **Constat** : toute guerre donne lieu à des exactions, celles du XXe siècle ont été les plus effroyables. Il semble vain de fixer des règles quand on sait qu'elles ne seront pas respectées. La guerre est toujours sale (cf. Céline, *Voyage au bout de la nuit*, 1932) et les civils y sont de plus en plus exposés.

■ **Reformulation du problème** : dans le règlement d'un conflit par la violence, ce n'est pas le plus juste qui gagne mais le plus fort. La guerre ne peut pas être conforme au droit puisqu'elle est la suspension du droit : il faudrait donc empêcher le recours à la guerre.

■ **Solution envisageable** : Kant propose dans son *Projet de paix perpétuelle* (1795) de constituer des instances internationales dotées de tribunaux et de la force suffisante pour garantir le respect d'un ordre mondial pacifié.

> **À NOTER**
> Développez au moins une référence de façon précise pour en montrer la pertinence et éventuellement l'actualité.

Conclusion

[Synthèse] Même s'il y a des motifs louables d'entrer en guerre, on ne peut associer violence et justice.

[Ouverture] À l'heure où l'ordre mondial paraît déstabilisé, le projet de Kant semble plus que jamais d'actualité.

10 Élaborer le plan d'une question d'oral en AMC

Introduction

• Présentez la question : partez par exemple de votre intérêt pour la thématique « Frontière et espace » ou de votre curiosité pour le conflit irlandais pour justifier votre problématique.
• Annonce du plan

À NOTER
Inversement, vous pouvez aussi énoncer d'emblée votre question et élargir ensuite en la rattachant au programme.

I. From union to division

■ Civil war leading to **the partition of Ireland in 1921**: creation of the Irish Free State which will become the Republic of Ireland, while Northern Ireland remains part of the UK.

■ In Northern Ireland, this creates **a divided society** along religious, economic and political lines sowing the seeds of sectarian violence.

II. Fighting over territory

■ **The "Troubles" (1968-1998)**: a conflict between nationalist Catholics (pro-reunification of Ireland) versus loyalist and unionist Protestants (pro-British groups).

■ Some landmarks : IRA bomb attacks, deployment of the British army (1969), Bloody Sunday (1972), Bobby Sands' hunger strike (1981), ceasefire (1998).

■ The conflict created **boundaries**: peace lines or peace walls (separation barriers) fracturing space in towns, e.g. Belfast or Derry (called Londonderry by loyalists).

III. Today's remaining sectarianism

■ The legacy :
- **still a divided space** (republican and nationalist Catholic neighbourdhoods vs. loyalist and unionist Protestant neighbourhoods);
- **murals** testifying to Northern Ireland's past and present political and religious divisions;
- **parades** specific to certain areas (e.g. Orange Parades).

■ **"Living apart together"**: shared neighbourhoods, peace gates in walls, interface areas where two divided districts meet (e.g. in North Belfast).

Conclusion

Répondre de façon nuancée à la problématique en montrant qu'il y a encore l'empreinte du passé sur l'espace mais que la cohabitation est possible.

4 Faire avancer son projet d'orientation

14 Faire le point sur son projet d'orientation

En bref *Entre janvier et mars, vous devrez formuler vos vœux postbac sur la plateforme Parcoursup. Il vous reste donc encore quelques mois pour rassembler vos idées, finaliser votre projet de formation et préparer vos candidatures.*

I Les différentes composantes de l'orientation

■ Le travail sur l'orientation comprend plusieurs aspects :
- une enquête sur les **secteurs et métiers** qui vous attirent le plus ;
- une recherche sur le type de **formation** qui vous correspond le mieux ;
- une bonne **connaissance de soi** pour réaliser des choix **réfléchis et personnels**.

> **À NOTER**
> Le travail sur l'orientation a ceci de très particulier qu'il vous oblige à sortir de votre position d'élève pour adopter un discours et une réflexion plus personnels.

■ Le **programme d'accompagnement à l'orientation**, mis en œuvre par l'Éducation nationale de la Seconde à la Terminale, doit vous permettre de mener des actions ciblées en lien avec ces trois composantes.

■ On parle de « **maturation** » du projet car sa construction prend du temps. On distingue trois phases principales :

1. l'exploration (découvrir)
2. la cristallisation (comprendre)
3. la spécification (choisir et hiérarchiser).

II Apprendre à se connaître

■ Pour construire votre projet, vous devez d'abord apprendre à vous connaître. Prenez le temps de répondre par écrit à des **questions** du type :

- Quelles matières me plaisent le plus ? Le moins ?
- Qu'ai-je envie d'apprendre de nouveau ?
- Quels sont les sujets qui attisent le plus ma curiosité ?
- Dans quelle(s) matière(s) ou activités extrascolaires suis-je le plus à l'aise ?
- Suis-je attiré·e par un environnement professionnel particulier ? Pourquoi ?
- Quel type d'apprentissage me correspond le mieux ?
- Y a-t-il quelque chose que j'aimerais améliorer autour de moi ? dans la société ?

■ Plusieurs **tests** (en ligne ou dans des ouvrages spécialisés sur l'orientation) permettent d'apprendre à se connaître et à repérer ses talents. Vous pouvez les réaliser seul·e ou avec un·e coach ou un·e psychologue de l'orientation qui vous aidera à en interpréter les résultats → FICHE 17.

■ N'hésitez pas également à **interroger vos proches et vos ami·e·s** : comment vous perçoivent-ils ? Cette **image** correspond-elle à celle que vous avez de vous-même ? Qu'est-ce que cela vous apprend sur vous-même ?

CONSEIL
Apprenez à vous projeter en faisant la différence entre ce que vous êtes à un instant T (en Terminale) et ce que vous aimeriez devenir une fois vos études terminées.

III Mettre en place un plan d'action

■ L'Éducation nationale a prévu un **programme de deux semaines** en Terminale pour vous aider à finaliser votre projet d'orientation : renseignez-vous dès le début de l'année sur le programme mis en place dans votre lycée.

■ Toutefois, n'attendez pas non plus tout de votre lycée. Prenez des **initiatives** :

- Mettez vous-même des actions en place → FICHE 15 ;
- Consultez des sites spécialisés → FICHE 16 ;
- Entourez-vous de personnes aptes à vous aider → FICHE 17.

■ Même si chaque projet est personnel, vous pouvez **partager** certaines informations avec vos camarades, vous rendre ensemble à des salons ou des Journées portes ouvertes, etc. À plusieurs, on se sent plus en confiance !

zoOm

Développer de nouvelles compétences à travers l'orientation

■ Voici **7 compétences** utiles pour bien s'orienter. Vous pourrez les mobiliser ensuite tout au long de votre parcours d'études et dans votre vie personnelle et professionnelle. En connaissez-vous d'autres ?

1. Parler de soi
2. Poser des questions
3. Chercher de l'information
4. Se projeter dans un environnement nouveau
5. Apprendre par soi-même
6. Entreprendre, prendre des initiatives
7. Faire des choix

■ L'orientation est une **pédagogie expérientielle**, basée sur la connaissance de soi et la mise en œuvre d'actions ou d'expériences, qui vont vous permettre d'acquérir de nouvelles compétences : des savoir-faire mais aussi des savoir-être.

15 Construire son projet de formation postbac

En bref *Construire un projet d'orientation est un processus qui requiert de la méthode. Le jour du Grand Oral, le jury s'intéressera à votre projet, mais aussi et surtout à la démarche qui vous a permis de l'élaborer.*

I S'informer sur ce qui existe

■ Votre travail de **connaissance de soi** vous a permis de mettre en avant des centres d'intérêt, des goûts, ainsi que des qualités et compétences qui vous sont propres → FICHE 14. Cette étape doit vous aider à opérer **une première sélection** de métiers, domaines professionnels ou type d'études susceptibles de vous intéresser.

■ La seconde étape consiste à récolter **suffisamment d'informations** pour affiner votre choix (de métier ou de formation). Il faut que les éléments récoltés viennent nourrir votre **imaginaire** pour que vous puissiez vous **projeter** dans un environnement professionnel ou une formation.

CONSEIL
Pour mieux vous projeter, visionnez des photos ou des vidéos, rendez-vous aux journées Portes ouvertes des établissements, échangez avec des étudiant·e·s ou des professionnel·le·s... → FICHES 16 et 17

■ Vos **enseignements de spécialité** doivent aussi vous aider à vous familiariser avec des disciplines et des problématiques que vous pourrez approfondir dans l'enseignement supérieur.

II Comprendre les spécificités de chaque formation

■ Pour pouvoir choisir une formation, il faut tenir compte de vos aptitudes ou **compétences scolaires**, mais aussi de la **façon d'enseigner et d'apprendre** qui vous convient le mieux.

■ Votre parcours scolaire vous a permis de découvrir si vous vous sentiez plus à l'aise dans les matières qui privilégient **l'abstraction et la logique**, comme les mathématiques ou la philosophie, ou si vous préfériez réfléchir à partir de **cas concrets** (SVT), travailler sur des **textes** (français, LLCE), être en prise avec l'**actualité** (histoire-géographie, SES, Anglais Monde contemporain), etc.

■ Un autre critère important pour choisir sa formation est lié à la façon d'enseigner : avez-vous besoin d'être **cadré·e** ou préférez-vous au contraire vous sentir **plus libre** et plus autonome ? Dans le premier cas, vous pourriez privilégier les CPGE ou les écoles ; dans le second, l'université pourrait vous convenir davantage.

■ Si vous avez hâte de découvrir le **monde professionnel**, renseignez-vous sur les formations en apprentissage qui vous permettent d'avoir un pied dans l'enseignement supérieur et un autre en entreprise. Votre formation est en partie financée par votre employeur, avec l'aide de l'État.

III Faire des choix

Plusieurs options de métiers ou de formations s'offrent à vous ? C'est une chance ! Voici quelques conseils pour vous aider à faire vos choix.

- Il est impossible de tout savoir sur les métiers et les formations. Vous devez donc cadrer vos recherches : déterminez les critères qui vous paraissent les plus importants en fonction de vos goûts et de vos aptitudes, et utilisez-les pour comparer les métiers ou les formations qui vous intéressent.
- Si vous hésitez entre plusieurs formations, hiérarchisez-les en les classant par ordre de préférence selon vos critères.
- Relativisez l'enjeu de vos premiers choix. Choisir une formation n'équivaut pas à choisir un métier **pour toute la vie** ! Il s'agit juste de choisir votre porte d'entrée dans l'enseignement supérieur. Ce qui compte le plus, c'est votre projet personnel : l'objectif global qui vous anime et que vous pourrez réaliser à travers différentes formations et différents métiers.

À NOTER
On parle aujourd'hui d'orientation « tout au long de la vie » car on sait désormais qu'il faudra se former en permanence pour suivre l'évolution des métiers et des besoins de la société.

zoOm

Université ou école, quelle formation choisir ?

Les contenus des formations et l'organisation des études diffèrent selon le type de formation.

- D'une manière générale, on peut dire que les cours à l'université visent en priorité l'acquisition de connaissances théoriques. L'insertion professionnelle se fait plutôt en master 2.
- Les écoles, en revanche, privilégient l'acquisition de savoir-faire professionnels, à travers une série de stages obligatoires et une pédagogie par projet : études de cas, travaux en groupe, participation active à la vie associative…
- Que ce soit à l'université ou dans une école, vous devrez apprendre à être plus autonome qu'au lycée, en travaillant en dehors des cours.

16 Apprendre à se documenter

En bref *La recherche active d'informations est au cœur de la démarche d'orientation. Cette compétence vous sera très utile dans l'enseignement supérieur, où vous devrez approfondir vos cours par des recherches personnelles.*

I Où aller chercher de l'information ?

1 Sur Internet

Internet est une mine d'informations, à condition de privilégier les sites reconnus, qui vous garantissent une information fiable et mise à jour régulièrement.

- Les sites généralistes : explorez par exemple le site de l'Onisep, du CIDJ (Centre d'information et de documentation jeunesse), le site dédié à l'orientation de votre région ou bien les *live* de Campus Channel (*www.campus-channel.com/fr*).
- Les sites des établissements de l'enseignement supérieur : chaque école ou université possède un site sur lequel vous trouverez des informations générales, mais aussi le descriptif du contenu des cours, année par année.
- Les plateformes spécialisées dans l'accompagnement à l'orientation des lycéen·ne·s, comme la plateforme Inspire (*inspire-orientation.org*), qui vous met en relation avec des étudiant·e·s qui vous guident dans votre découverte des contenus de formation de l'enseignement supérieur.

BON À SAVOIR
La plateforme Parcoursup regorge d'informations : plus de 15 000 formations y sont proposées et décrites.

2 Sur le terrain

- Il est important de compléter vos informations en vous déplaçant et en rencontrant des personnes qui répondront à vos questions.
  - Au CIO (Centre d'information et d'orientation de votre ville), vous serez accueilli·e·s de façon individuelle, seul·e ou avec un parent. Vous pourrez aussi assister à des réunions d'information organisées par des conseiller·ère·s d'orientation (annuaire des CIO : *www.education.gouv.fr/annuaire*).
  - Au CDI de votre établissement, le/la professeur·e documentaliste pourra vous recommander des ressources pédagogiques vous permettant de creuser vos recherches sur les métiers et les études qui vous intéressent.
- Vous pouvez également participer à des événements : journées Portes ouvertes, salons, forums... Autant d'occasions d'échanger avec des étudiant·e·s ou des professionnel·le·s qui seront ravis de répondre à vos questions → FICHE 17.

II Comment organiser ses recherches ?

■ Laissez-vous guider tout d'abord par votre **curiosité**. Lisez tout ce qui est relié aux métiers, aux secteurs ou aux formations qui vous intéressent. Puis affinez progressivement votre recherche, en les croisant avec vos centres d'intérêt.

■ Gardez une **trace écrite** de toutes les démarches (recherches et rencontres) que vous entreprenez, afin de les présenter au jury le jour de l'oral :
- rédigez des **fiches** synthétiques à partir des informations récoltées ;
- notez les **sources** de vos recherches avec précision ;
- consignez également **les questions et les doutes** qui vous sont venus en route. Un projet peut comporter une part d'incertitude.

■ Avant un événement ou une rencontre avec un·e étudiant·e ou un·e professionnel·le, préparez vos **questions** en utilisant vos propres mots, afin de tirer le meilleur parti de cet échange. Ne vous censurez pas : il n'y a pas de question bête, votre interlocuteur·rice s'est très probablement trouvé·e à votre place un jour !

CONSEIL
Si vous hésitez entre plusieurs parcours, faites un tableau comparatif des critères les plus importants pour vous (durée des études, type de formation, environnement professionnel, débouchés…).

zoOm

Le numérique au service de l'orientation

■ Depuis quelques années, l'État et les régions encouragent le développement d'outils numériques pour accompagner un grand nombre d'élèves et d'étudiant·e·s dans leur projet d'orientation.

■ Les start-ups se sont emparées de ce défi en proposant des **solutions numériques innovantes** : cartographie des métiers et des formations, questionnaires d'auto-positionnement ou mise en relation avec des interlocuteurs pertinents (étudiant·e·s, coach, professionnel·le·s…).

■ Aucune solution ne prône cependant le 100 % digital. L'**accompagnement humain** reste une des valeurs sûres de l'orientation.

17 Se faire accompagner dans son projet

En bref *Le Préambule du programme de l'Éducation nationale en matière d'éducation à l'orientation parle d'un « accompagnement progressif, tout au long de votre scolarité ». Cet accompagnement est renforcé en classe de Terminale pour vous aider à présenter un projet personnel de poursuite d'études à la fin de l'année.*

I Repérer les personnes ressources

1 Au sein du lycée

Au sein même de votre lycée, plusieurs personnes sont susceptibles de vous aider. Chacune intervient dans le cadre d'une mission bien précise.

- Votre **professeur·e principal·e** et **le/la CPE** (Conseiller·ère principal·e d'éducation) sont en charge de votre accompagnement à l'orientation : lors d'entretiens personnalisés, ils/elles vous aideront à faire le point sur l'avancée de votre projet et pourront vous mettre en relation avec d'autres personnes ressources.
- Le/La **psyEN** (psychologue de l'Éducation nationale) peut répondre à vos questions ou à celles de vos parents dans les CIO (Centres d'information et d'orientation). Il/Elle assure également des permanences dans les lycées, pour aider les équipes éducatives à installer des actions concrètes d'aide à l'orientation.
- Le/La **professeur·e documentaliste** est un·e spécialiste de la documentation et de la communication : il/elle met à votre disposition des ressources documentaires utiles. Il/Elle organise aussi des ateliers de formation et des visites de salons ou d'établissements de l'enseignement supérieur.

2 Hors du lycée

Vous pouvez également solliciter l'aide de personnes extérieures.

- Les **étudiant·e·s « ambassadeurs »** ont pour mission de vous parler de leur filière et de leur vie étudiante afin de vous aider à vous projeter dans l'enseignement supérieur. Vous pouvez les rencontrer dans votre lycée, lors de salons ou pendant les Journées portes ouvertes de leurs établissements.
- Les **professionnel·e·s** peuvent vous parler de leur métier, décrire leur environnement professionnel et répondre à vos questions sur **la vie en entreprise** ou la vie active en général.

> **CONSEIL**
> L'association *100 000 entrepreneurs* organise des interventions de professionnel·le·s dans les classes pour vous transmettre la passion de leur métier et de l'entreprise.

II Savoir demander de l'aide

■ L'orientation est une démarche personnelle, mais il est normal d'avoir **besoin d'aide** pour structurer ses recherches, effectuer des démarches, obtenir des informations précises ou encore surmonter des blocages psychologiques. La confiance en soi se bâtit par la mise en mouvement, pas à pas.

CONSEIL
Vos camarades sont dans la même situation que vous : créez des petits groupes pour discuter de vos démarches, partager vos difficultés, mutualiser vos recherches…

■ De nombreuses personnes sont disponibles pour vous aider à avancer et à surmonter vos difficultés. Essayez d'abord d'identifier le problème :

- Avez-vous du mal à vous motiver ?
- Vous sentez-vous trop timide pour poser des questions et aller vers des personnes ressources ?
- Manquez-vous de confiance en vous ?
- Avez-vous du mal à vous projeter dans l'avenir ?
- Manquez-vous d'informations ? Ou au contraire, en avez-vous tellement que vous avez du mal à choisir ?

■ Une fois le problème identifié, déterminez la personne la plus à même de vous aider : un·e interlocuteur·trice de confiance à qui vous pourrez parler librement et qui saura vous conseiller. N'hésitez pas à le/la consulter plusieurs fois.

zoOm

Trouver son ikigai

■ L'ikigai est un concept japonais qui désignait à l'origine la joie de vivre ou la raison de se lever chaque matin.

■ C'est devenu une méthode qui permet de trouver le métier ou le projet qui vous correspond le mieux, et qui se trouve à la croisée de ce que vous aimez faire, de ce pour quoi vous êtes doué·e, de ce pour quoi vous pourriez être payé·e et de ce dont le monde a besoin.

18 Formuler ses vœux sur Parcoursup

En bref *La plateforme Parcoursup vous permet de postuler en direct à plus de 15 000 formations. Une seule règle : respecter les dates d'inscription et de finalisation de vos dossiers et le délai de réponse aux propositions qui vous seront faites.*

I Comprendre le fonctionnement de Parcoursup

1 Un guichet centralisé pour déposer ses candidatures

- Chaque formation, que ce soit à l'université ou dans une école, suit une procédure d'admission qui lui est propre. L'ambition de Parcoursup est de vous proposer un **espace unique** pour regrouper les formations et déposer vos candidatures.

BON À SAVOIR
Certaines écoles fonctionnent hors Parcoursup pour les inscriptions. Si vous ne postulez à aucune formation sur Parcoursup, vous devez vous désinscrire de la Plateforme.

- Tous les types de formations y sont proposés : licence et DUT à l'université, BTS, écoles spécialisées (art, paramédical, commerce, ingénieur), IEP (institut d'études politiques), etc.
- Apprenez à distinguer les formations sélectives des formations non sélectives : les premières sélectionnent les candidat·e·s sur dossier et lors d'entretiens, tandis que les secondes sont accessibles à tou·te·s dans les limites des capacités d'accueil.

2 Les grandes étapes du calendrier Parcoursup

novembre	Ouverture de la plateforme : parcourez les informations disponibles sur les différentes formations (contenu, modalités d'admission, taux de réussite à l'entrée, pré-requis, débouchés professionnels...).
décembre	1er conseil de classe : remplissez la Fiche de dialogue qui vous est remise pour présenter vos « intentions d'orientation ».
janvier	Ouverture des inscriptions sur Parcoursup : vous pouvez commencer à saisir vos vœux.
mars	Fin de la saisie des vœux (jusqu'à 10 maximum).
début avril	Clôture des inscriptions : vos dossiers doivent être finalisés.
de mai à mi-juillet	1re phase de réponses (« Oui », « Oui si », « Oui en attente d'une place » ou « Refusé·e »)
jusqu'en septembre	2e phase de réponses dans le cadre de procédures complémentaires, pour celles et ceux qui n'ont pas eu de proposition de formation lors de la 1re phase.

II Comment candidater sur Parcoursup ?

1 Construire son dossier de candidature

Plusieurs informations sont à fournir pour que votre dossier soit complet :
- votre **identité** (état civil, représentants légaux, numéro INE, mail valide...) ;
- votre **situation personnelle** (bourses, handicap, statut particulier...) ;
- vos **bulletins scolaires** de 1re et des deux premiers trimestres de T^{le}, avec les appréciations des professeur·e·s, vos enseignements de spécialité et vos options ;
- votre **Fiche Avenir**, contenant les appréciations de vos professeur·e·s et l'avis de votre chef·fe d'établissement, émise durant le 2e conseil de classe ;
- pour chaque vœu, une courte **lettre de motivation** à rédiger directement sur la plateforme dans l'espace intitulé « projet de formation motivé » → FICHE 19.

2 Formuler ses vœux de manière stratégique

Voici quelques conseils stratégiques pour optimiser vos chances d'être admis·e dans une formation :

- **Variez vos vœux** et ne choisissez pas que des formations sélectives.
- Utilisez **le maximum de vœux** et de sous-vœux pour optimiser vos chances.
- Ne vous limitez pas aux formations **près de chez vous**, surtout si elles sont très demandées.

CONSEIL
Si vous êtes intéressé·e par une formation éloignée de votre domicile familial, renseignez-vous sur les aides financières que vous pouvez obtenir et les solutions pour vous loger.

zoom

La boîte à outils de Parcoursup

Parcoursup

Des filtres de recherche
Pour cibler votre recherche par filière et niveau de formation, académie, ville, établissement privé ou public, avec ou sans apprentissage, ou encore par places restantes...

Des notifications
Pour recevoir des conseils et des rappels utiles afin de ne manquer aucune étape.

Une carte des formations
Pour géolocaliser les formations près de chez vous ou évaluer la distance qui vous en sépare.

Un numéro vert
Disponible 7j/7, pour tout problème technique ou question concernant la procédure.

19 Rédiger un projet de formation motivé sur Parcoursup

En bref *Pour chaque vœu formulé sur Parcoursup, vous devrez expliquer en quelques lignes ce qui motive votre choix de formation. Ce travail vous sera aussi très utile pour préparer la dernière partie du Grand Oral.*

I Quelques informations au préalable

- Si les notes permettent aux établissements d'effectuer une première sélection, le jury examinera les autres éléments de votre dossier pour **départager** des élèves aux résultats similaires.
- Le « projet de formation motivé » est l'équivalent d'une **lettre de motivation** : montrez que vous êtes renseigné·e sur le contenu et les attendus de la formation et que vous pensez avoir les aptitudes nécessaires. Vous pouvez aussi parler de vous, de votre projet et de vos expériences.
- Ces éléments doivent être saisis **au plus tard début avril**, au moment de la clôture définitive des vœux, dans l'encart prévu à cet effet. Néanmoins, nous vous conseillons de les rédiger avant le conseil de classe du 2e trimestre, pour que vos professeur·e·s puissent en tenir compte lors de la rédaction de la fiche Avenir.

II Les caractéristiques du projet de formation motivé

- Vous devrez rédiger sur la plateforme un **texte très court** de 1 500 caractères maximum, soit environ 200 à 250 mots, dans une police lisible (Calibri 11 par exemple) : l'équivalent d'1/4 d'une page A4.

À NOTER
Votre lettre sur Parcoursup ne nécessite ni date, ni entête, ni formules de politesse, contrairement à une lettre de motivation classique.

- Votre texte doit contenir les 6 informations suivantes :

1. L'**intitulé exact** de la formation pour laquelle vous postulez ;
2. Un aperçu de vos **connaissances et compétences** scolaires, en lien avec les attendus de la formation ;
3. Un résumé de votre **projet personnel et professionnel** ;
4. Les **démarches** entreprises pour mieux connaître la formation visée (journées Portes ouvertes, salon, MOOC, échanges avec un·e professionnel·le ou un·e étudiant·e...) ;
5. Vos **expériences** scolaires et/ou extrascolaires en lien avec la formation (enseignements de spécialité, stages, centres d'intérêt...) ;
6. Des éléments montrant votre **capacité à vous projeter** dans la vie postbac.

- La difficulté de l'exercice réside dans l'**effort de rédaction synthétique** qui vous est demandé : votre texte devra être complet, concis et clair.

III Quelques conseils pour réussir l'exercice

1 Prendre en compte les attendus de la formation

- Commencez par lire attentivement le descriptif et les attendus de la formation sur la fiche Parcoursup : notez les éléments de langage utilisés. Renseignez-vous également sur le site de l'école ou de l'université.
- Pour chaque formation demandée, dressez la liste des attendus et mettez-les en lien avec vos compétences, vos centres d'intérêt et votre projet.
- N'essayez pas de copier-coller la même lettre pour chaque formation : adaptez le contenu de votre texte en fonction des attendus de la formation.

CONSEIL
Ne cherchez pas un modèle de lettre sur internet. Cela vous éloignera de l'exercice demandé sur Parcoursup.

2 Soigner la rédaction

- Les compétences rédactionnelles, ainsi que l'esprit de synthèse, font partie des attendus d'un bon nombre de formations. Le soin apporté à la rédaction constitue déjà une information pour le jury.
- Commencez par rédiger votre texte au brouillon, en prêtant une attention particulière à la structure de votre propos (enchaînement logique des idées, avec des connecteurs).
- Relisez-vous toujours avant de valider votre texte, en prenant soin de vérifier l'orthographe et la syntaxe des phrases. Vous pouvez aussi demander à un·e camarade, un parent ou un·e professeur·e de relire votre lettre.

zoOm

Rédiger un projet de formation motivé

- Voici un exemple de trame pour un projet de formation motivé :

> Je vous soumets ma candidature pour ... **[intitulé de la formation]**.
>
> Les enseignements de spécialité ... et ... m'ont permis de .... La formation que vous proposez s'inscrit parfaitement dans mon projet de ... **[projet personnel et professionnel]**.
>
> J'ai eu la chance de découvrir la formation lors des journées Portes ouvertes de ... **[date]**. Passionné·e par ..., les cours de ... m'attirent particulièrement.
>
> Je suis une personne plutôt ... **[qualités]** et j'aime ... **[reformulez avec vos mots les attendus]**.
>
> J'ai eu l'occasion de ... **[expérience personnelle ou stage]**, ce qui m'a permis de .... La vie à ... **[nom de l'établissement]** me correspond parce que ....

- Toutefois, pour être convaincant, le contenu de votre texte doit être personnel : à vous de vous approprier la trame ci-dessus.

MÉMO VISUEL

Ouverture des inscriptions sur Parcoursup (janvier)

Fiche dialogue (décembre)

SEPTEMBRE	OCTOBRE	NOVEMBRE	DÉCEMBRE	JANVIER
CONSTRUIRE SON PROJET				

J'apprends à me connaître

- Je fais le point sur mes centres d'intérêt, mes ambitions, mes aptitudes.
- J'identifie les formations et les domaines professionnels qui m'attirent.

Je collecte des informations

- Je fais des recherches sur Internet, au CDI ou dans un CIO.
- Je consulte des personnes ressources pour m'aider à construire mon projet.
- Je rencontre des étudiant·e·s et des professionnel·le·s (journées Portes ouvertes, salons, forums, webinaires…) pour affiner et consolider mes choix.

parcoursup
Entrez dans l'enseignement supérieur

Fiche Avenir — Clôture des inscriptions sur Parcoursup — GRAND ORAL

FÉVRIER | MARS | AVRIL | MAI | JUIN

POSTULER *VIA* PARCOURSUP — **PRÉPARER LE GRAND ORAL**

Je dépose mes candidatures

- Je m'inscris dès l'ouverture de la plateforme.
- Je vérifie bien les conditions d'admission des formations choisies.
- Je m'inscris dans les délais aux concours d'écoles hors Parcoursup.
- Je classe mes vœux et sous-vœux.
- Je construis mon dossier (pièces justificatives, projets de formation motivés…).

Je m'entraîne à présenter mon projet à l'oral

- Je « pitche » mon projet en 5 minutes devant un public bienveillant.
- Je renouvelle l'exercice devant des publics différents.
- Je m'entraîne à rendre compte de mes démarches avec des oraux blancs.

SE TESTER QUIZ

Vérifiez que vous avez bien compris les points clés des **fiches 14 à 19**.

1 Apprendre à se connaître

→ FICHE 14

Quelle est votre attitude face à votre orientation ? Cochez le profil qui vous ressemble le plus.

☐ a. Je suis sûr·e de moi. Je sais ce que je veux faire depuis longtemps.
☐ b. Je n'ai aucune idée : c'est le vide complet !
☐ c. J'hésite entre plusieurs choix d'études et de métiers.
☐ d. Je n'ai pas confiance en moi, j'ai peur de faire de mauvais choix.
☐ e. La Terminale, c'est vraiment trop tôt pour choisir son orientation !

2 Construire son projet de formation postbac

→ FICHE 15

Comment choisit-on une formation postbac ?

☐ a. En rassemblant un maximum d'informations sur les établissements et les cursus susceptibles de m'intéresser.
☐ b. En interrogeant des étudiant·e·s sur les formations que j'aimerais intégrer.
☐ c. En saisissant un maximum de vœux sur Parcoursup.
☐ d. En m'interrogeant sur la manière d'apprendre qui me convient le mieux.

3 Collecter des informations

→ FICHES 16 et 17

Sur quel(s) site(s) pourrez-vous trouver les éléments suivants ?

a. des informations sur les établissements et les contenus des formations •
b. des informations sur les métiers •
c. des outils et des conseils pour postuler à des formations •

• site de l'établissement visé
• sites de l'Onisep et du CIDJ
• site d'orientation de votre région
• site Parcoursup
• site Campus Channel

4 Formuler des vœux sur Parcoursup

→ FICHES 18 et 19

Qu'est-ce qu'un attendu ?

☐ a. une candidature en attente d'une réponse
☐ b. un regroupement de compétences attendues par la formation
☐ c. un élément manquant dans votre dossier

S'ENTRAÎNER

5 Apprendre à se connaître

→ FICHE 14

Quels sont les trois adjectifs qui vous caractérisent le mieux ? Réfléchissez bien et justifiez vos choix en les illustrant par des situations qui vous ont permis de déployer les qualités citées.

1. ....
2. ....
3. ....

COUP DE POUCE
Prenez le temps de trouver des adjectifs par vous-même, puis, si vous manquez d'inspiration, aidez-vous de la liste fournie en annexe → P. 158.

6 Développer des compétences à travers l'orientation

→ FICHE 14

Reliez les qualités ou les actions de la première colonne avec les 7 compétences utiles pour construire son orientation.

a. Être curieux·se •	
b. Consulter plusieurs sources pour vérifier ses informations •	• Parler de soi
c. Imaginer le quotidien d'un·e étudiant·e ou d'un·e professionnel·le •	• Poser des questions
d. Décrire ses expériences ou son projet professionnel •	• Chercher et analyser l'information
e. Prendre des initiatives •	• Se projeter dans un environnement nouveau
f. Classer plusieurs formations par ordre de préférence •	• Apprendre par soi-même
g. Travailler en autonomie •	• Entreprendre
	• Faire des choix

7 Établir un plan d'action

→ FICHE 14

Cochez les actions que vous avez déjà réalisées.

☐ a. J'ai rencontré un·e professionnel·le d'un métier ou d'un secteur qui m'intéresse.

☐ b. J'ai posé des questions à un·e étudiant·e pour bien connaître la formation à laquelle j'aspire.

☐ c. Je suis allé·e chercher de l'information sur Internet.

☐ d. J'ai participé à un atelier pour apprendre à parler de moi.

☐ e. J'ai fait le point sur mon projet avec mon/ma professeur·e principal·e.

☐ f. Je me suis rendu·e à un salon d'orientation pour recueillir un maximum d'informations.

☐ g. J'ai visité une école/une université pour savoir dans quel environnement j'aimerais étudier.

☐ h. Je me suis renseigné·e sur les dates de concours ou de dépôt de dossier pour les établissements que je vise.

☐ i. J'ai pris le temps de réfléchir sur moi-même et d'en parler à mon entourage.

COUP DE POUCE
Utilisez cette liste pour établir un plan d'action : parmi les propositions que vous n'avez pas cochées, quelles actions pourriez-vous réaliser ?

8 Apprendre à faire des choix

→ FICHE 15

Le CIDJ a classé plus de 30 secteurs d'activités en les reliant à des métiers : rendez-vous à l'adresse *bit.ly/21pgo02.*

a. Lisez attentivement le nom des différents secteurs.

b. Sélectionnez 3 à 5 secteurs qui attirent votre curiosité, puis explorez les portraits de métiers en vous laissant guider par votre sensibilité.

c. Après avoir lu quelques articles, classez les secteurs choisis par ordre de préférence (de 1 à 3 ou de 1 à 5). Faites de même avec les métiers.

CONSEIL
Ne vous demandez pas pour l'instant si ou comment vous allez pouvoir accéder à ce métier. Notez simplement les points qui attirent votre attention, vos remarques, vos questions...

9 Se documenter sur une formation

→ FICHE 16

1. Vous souhaitez vous renseigner sur une formation. Quelles informations allez-vous chercher en priorité ? Complétez la liste ci-dessous.

- la durée de la formation
- le coût de la formation
- ....
- ....
- ....
- ....
- ....
- ....
- ....
- ....

2. Placez les formations suivantes dans le tableau selon leur durée.

BTS • IUT/DEUST • CPGE • licence • master • doctorat • école post-bac

Formation	Durée
	Bac + 2
	Bac + 3
	Bac + 5
	Bac + 8

COUP DE POUCE
Consultez le tableau en annexe → P. 159 pour les formations dont vous ne connaissez pas la durée.

10 Se faire accompagner

→ FICHE 17

Qui fait quoi ? Indiquez la ou les personnes ressources qui pourraient répondre à chacun de vos besoins.

étudiant • professeur • psyEN • professeur documentaliste • professionnel

a. Je suis intéressé·e par une formation mais l'enseignement supérieur reste très abstrait pour moi, je n'arrive pas à me projeter.

b. Il y a tellement d'informations disponibles sur Internet, j'ai du mal à organiser mes recherches.

c. Je vise une école ou une université sélective, mais je ne suis pas sûr·e d'avoir le niveau pour y entrer.

d. J'ai une vision encore assez floue de mon projet. J'ai besoin d'aide pour y voir plus clair.

e. J'ai une idée assez précise de ce que je veux faire, mais j'ai du mal à le mettre en mots.

f. J'aimerais en savoir plus sur la réalité d'un métier qui m'attire pour appréhender mon orientation de manière plus concrète.

11 Formuler ses vœux sur Parcoursup

→ FICHE 18

Complétez les phrases suivantes avec les mots proposés.

caractéristiques • contenu • délais • maximum • mobilité • m'inscris • m'inscrire • non sélectives • ouverture • postule • projet de formation motivé • renonce • sélectives • validation

a. Je fais attention aux dates d'… et de … des vœux sur la plateforme.

b. Par sécurité, je … sur Parcoursup, même si je … pour une formation parallèle.

c. Je dépose le … de vœux et de sous-voeux, pour optimiser mes chances d'être pris·e dans une formation.

d. J'inclus des demandes pour des formations … et ….

e. Je joue la carte de la …, en faisant des vœux dans mon académie et en dehors.

f. Je prends le temps de rédiger sur la plateforme un … pour chaque formation envisagée.

g. Je lis avec attention le … de la formation sur la fiche descriptive, ainsi que les autres … (nombre d'admis, compétences attendues, débouchés…).

h. Je réponds dans les … impartis aux propositions que je reçois.

i. Si je suis admis·e dans une formation hors Parcoursup, je … à mes vœux sur la plateforme pour libérer la place.

j. Je n'oublie pas de … à la formation dans laquelle je suis admis·e.

12 Rédiger un projet de formation motivé

→ FICHE 19

Remettez les étapes de ce projet de formation motivé dans un ordre cohérent (de 1 à 6).

...... a. J'ai pour projet...

...... b. Je vous soumets ma candidature pour...

...... c. J'ai réalisé un stage qui m'a permis de découvrir...

...... d. Je suis attiré·e par les enseignements de type...

...... e. Mes échanges avec des étudiant·e·s lors des journées Portes ouvertes m'ont permis de découvrir que...

...... f. À titre personnel, j'apprécie particulièrement...

COUP DE POUCE

Votre lettre de motivation peut suivre le schéma suivant :

1. formuler votre demande
2. présenter votre projet et montrer votre motivation
3. montrer que vous vous êtes renseigné·e sur la formation
4. parler de vous.

OBJECTIF GRAND ORAL

13 Présenter son projet à l'oral

Les cinq dernières minutes du Grand Oral sont consacrées à votre projet d'orientation. Pour lancer la discussion, le jury peut vous demander de commencer par le présenter brièvement.

CONSEIL

Nous vous proposons ici de vous entraîner à partir d'un exemple. Vous pourrez ensuite refaire l'exercice en complétant la fiche d'informations fournie avec vos propres informations.

L'EXERCICE

Voici une fiche d'informations concernant un·e élève : imaginez comment il ou elle pourrait présenter brièvement son projet d'orientation.

Question d'oral	« Le développement durable est-il compatible avec la croissance économique ? »
Spécialités	SVT et SES
Projet professionnel	Intérêt pour le secteur du développement durable et de la protection de l'environnement, mais pas encore d'idée précise de métier.
Formations envisagées	• Licence Sciences pour un monde durable (PSL, Paris) • Licence de SVT (plusieurs vœux)
Expériences personnelles	• intérêt pour l'actualité du développement durable, écoute de conférences en ligne sur ce thème • membre d'une association de protection de l'environnement • visite d'une université (Portes ouvertes) • échange avec des étudiant·e·s à un salon d'orientation.

LA FEUILLE DE ROUTE

Étape 1 Sélectionner les informations essentielles

■ Le jour de l'oral, vous n'aurez pas le temps de tout dire : vous devez vous efforcer d'être **synthétique**. Les questions du jury vous permettront ensuite d'approfondir certains points.

■ Les informations clés à mentionner concernant votre orientation sont :
- votre projet professionnel (qui peut être plus ou moins précis) ;
- la ou les formations que vous visez ;
- une ou plusieurs expériences qui vous ont aidé à construire votre projet (rencontres, centres d'intérêt, activités...).

Étape 2 Organiser les informations de manière cohérente

■ Essayer d'établir un lien entre la question que vous venez de traiter et **votre projet professionnel** (même si vous n'avez pas encore d'idée très précise et qu'il pourra évoluer par la suite) : vous montrerez ainsi au jury que le travail effectué pendant l'année est un premier pas dans la bonne direction.

■ Reliez ensuite votre projet aux **formations** auxquelles vous avez postulé. Inutile de faire la liste exhaustive de tous vos vœux Parcoursup : mettez en valeur le ou les choix qui vous tiennent le plus à cœur.

■ Terminez en montrant que votre projet **vous correspond vraiment** : évoquez par exemple vos centres d'intérêt, vos expériences scolaires ou extrascolaires en lien avec le domaine auquel vous vous destinez, etc.

Étape 3 Présenter le projet de manière convaincante → CORRIGÉS p. 93

CORRIGÉS

SE TESTER QUIZ

1 Faire le point sur son projet d'orientation

a. C'est très bien, mais n'oubliez pas que les métiers évoluent très vite et que le contenu des formations peut aussi changer. Mettez vos informations à jour et échangez avec des professionnel·le·s pour vérifier que la réalité du métier ressemble bien à ce que vous imaginez.
b. Prenez le bon départ en commençant par vous poser des questions sur vous. Suivez les étapes détaillées dans les fiches qui précèdent : partez de vos centres d'intérêt, faites des recherches et n'hésitez pas à vous faire aider !
c. Rien de plus normal ! Procédez avec méthode pour approfondir vos recherches et identifier les critères de choix les plus importants pour vous.
d. L'orientation est un processus qui peut être compliqué et parfois un peu effrayant. Pour reprendre confiance en vous, faites part de vos incertitudes à une personne bienveillante, qui saura vous écouter et vous donner des conseils pour avancer.
e. Vous avez raison, ce n'est pas pour rien qu'on parle d'orientation « tout au long de la vie ». Mais il vous faudra tout de même faire un premier pas pour avancer et ne pas rester bloqué·e au lycée !

2 Construire son projet de formation postbac

Réponses a, b et d.
La saisie des vœux sur Parcoursup est l'aboutissement d'un travail de longue haleine en plusieurs étapes : n'attendez pas le dernier moment pour choisir votre formation.

3 Collecter des informations

a. site de l'établissement visé, site Parcoursup (fiches descriptives), site Campus Channel (vidéos).
b. sites de l'Onisep et du CIDJ, site d'orientation de votre région.
c. site de l'établissement visé, site Parcoursup

CONSEIL
Au-delà des sites, pensez à vous renseigner aussi auprès des personnes compétentes → FICHE 17.

4 Formuler des vœux sur Parcoursup

Réponse b.
Chaque formation indique un certain nombre d'aptitudes utiles pour bien suivre les cours qui vous seront proposés et augmenter ainsi vos chances de réussite.

À NOTER
Ces « attendus » sont détaillés dans le descriptif de chaque formation sur Parcoursup. Ils doivent vous servir de repères pour choisir la formation qui vous conviendra le mieux.

S'ENTRAÎNER

5 Apprendre à se connaître

Après avoir terminé l'exercice, posez la question à vos proches : comparez la manière dont ils vous voient avec l'image que vous avez de vous-même. Certaines personnes ont tendance à se sous-évaluer ou, au contraire, à se surestimer : l'objectif est d'acquérir une vision juste de vos talents et de vos points d'amélioration.

6 Développer des compétences à travers son orientation

a. **Poser des questions.** La curiosité vous conduira vers les autres et vous permettra d'apprendre sans cesse de nouvelles choses.

b. **Chercher et analyser l'information.** Internet regorge d'informations, mais il n'est pas toujours facile d'évaluer leur fiabilité : savoir trier les données et croiser les sources vous sera utile non seulement en matière d'orientation, mais aussi pour tout type de recherches.

> **BON À SAVOIR**
> Les compétences utiles pour votre orientation vous serviront aussi tout au long de votre vie et de votre parcours professionnel.

c. **Se projeter dans un environnement nouveau.** Cet effort de visualisation passe notamment par des enquêtes sur le terrain, à la rencontre des personnes qui connaissent la réalité des formations ou des métiers qui vous intéressent.

d. **Parler de soi.** Cet exercice est difficile mais indispensable, tant lors du Grand Oral qu'au cours de votre vie professionnelle. Il repose notamment sur une bonne connaissance de soi et une aisance à l'oral.

e. **Entreprendre.** De nouveaux défis apparaissent chaque jour : les formations doivent préparer les élèves à s'adapter et à innover.

f. **Faire des choix.** Plus on a de choix, plus il est difficile de se décider. C'est pourtant la seule manière d'avancer dans un monde complexe.

g. **Apprendre par soi-même.** Cette compétence vous permettra de vous adapter et d'évoluer tout au long de votre vie personnelle et professionnelle.

9 Se documenter sur une formation

1. Voici **10 informations utiles** pour bien choisir une formation :
- les contenus de la formation (cours, stages...)
- le type d'établissement (école, université...)
- le lieu de la formation
- les modalités d'admission (sélection à l'entrée ? pour entrer en 2e année ?)
- le nombre d'heures de cours par semaine
- la charge de travail approximative
- le diplôme préparé (est-il reconnu par la profession ? hors de France ?)
- les débouchés (à quel type de métiers puis-je prétendre ?)
- l'insertion professionnelle (est-il facile de trouver un travail avec cette formation ?)
- la vie étudiante (les associations jouent-elles un rôle important dans la vie de l'école ? Lors des journées Portes ouvertes, l'ambiance m'a-t-elle plu ?)

> **À NOTER**
> Tout le monde n'accorde pas forcément la même importance aux mêmes critères : à vous de les hiérarchiser selon vos propres exigences.

2.

Formation	Durée
BTS, IUT/DEUST, CPGE	Bac + 2
licence, CPGE	Bac + 3
école post-bac, master	Bac + 5
doctorat	Bac + 8

BON À SAVOIR

Vous pouvez « cuber » votre 2e année de CPGE, c'est-à-dire la faire deux fois. Contrairement à un redoublement à l'université, cela vous permet d'obtenir une équivalence bac + 3.

10 Se faire accompagner

a. étudiant

b. professeur documentaliste

c. psyEN, professeur, étudiant

d. professeur, psyEN, étudiant, professionnel

e. professeur, psyEN

f. professionnel.

11 Formuler ses vœux sur Parcoursup

a. Je fais attention aux dates d'**ouverture** et de **validation** des vœux sur la plateforme.

b. Par sécurité, je **m'inscris** sur Parcoursup, même si je **postule** pour une formation parallèle.

c. Je dépose le **maximum** de vœux et de sous-vœux, pour optimiser mes chances d'être pris·e dans une formation.

d. J'inclus des demandes pour des formations **sélectives** et **non sélectives**.

e. Je joue la carte de la **mobilité**, en faisant des vœux dans mon académie et en dehors.

f. Je prends le temps de rédiger sur la plateforme un **projet de formation motivé** pour chaque formation envisagée.

g. Je lis avec attention le **contenu** de la formation sur la fiche descriptive, ainsi que les autres **caractéristiques** (nombre d'admis, compétences attendues, débouchés…)

h. Je réponds dans les **délais** impartis aux propositions que je reçois.

i. Si je suis admis·e dans une formation hors Parcoursup, je **renonce** à mes vœux sur la plateforme pour libérer la place.

j. Je n'oublie pas de **m'inscrire** à la formation dans laquelle je suis admis·e.

12 Rédiger un projet de formation motivé

Un ordre de rédaction possible pourrait être : **b – a – d – e – f – c.**
Il est important de commencer par formuler clairement votre demande (**b**). Ensuite, vous pouvez évoquer votre projet (**a**), montrer que vous vous êtes renseigné·e sur la formation (**d**, **e**) et enfin parler de vous et de vos expériences (**f**, **c**).

À NOTER
Votre projet de formation motivé doit respecter une certaine logique mais il n'existe pas un modèle unique de rédaction. N'oubliez pas de vous relire avant de valider définitivement votre demande.

OBJECTIF GRAND ORAL

13 Présenter son projet à l'oral

Voici un exemple de présentation. Les informations principales sont en gras.
J'ai choisi de travailler sur cette question (« Le développement durable est-il compatible avec la croissance économique ? ») car je suis particulièrement **intéressé·e par les enjeux liés à la transition écologique**. Je ne suis pas sûr·e du métier que je souhaite exercer, mais je voudrais **contribuer à l'évolution de la société vers un modèle plus durable.**
C'est pourquoi mon premier vœu d'études est **la licence Sciences pour un monde durable de PSL, à Paris**. J'ai également postulé à plusieurs licences de SVT. Depuis l'année dernière, je suis **membre d'une association de protection de l'environnement** et me tiens informé·e de l'actualité dans ce domaine. J'essaie également d'agir à mon échelle en changeant mes habitudes de consommation.
J'ai hâte d'intégrer un cursus où je pourrai me former pour agir de façon plus efficace dans la lutte pour la préservation de notre planète.

À NOTER
Lors du Grand Oral, le jury pourrait par exemple demander à cet·te élève des précisions sur la formation choisie, comment il/elle en a eu connaissance, quels métiers liés au développement durable il/elle connaît, etc.

5 Améliorer ses capacités oratoires

20 Retenir l'attention du jury

En bref *Lors de l'épreuve orale, il ne suffit pas de maîtriser son sujet, il faut aussi communiquer de manière efficace pour convaincre le jury. Le visage et ses expressions, ainsi que la gestuelle, sont alors de précieux atouts pour renforcer le propos.*

I Établir le contact

Le premier contact est essentiel. Dès l'entrée dans la salle, donnez l'impression d'être ouvert à l'échange, avenant·e, sans être trop familier·ère.

- Le sourire est l'atout indispensable pour détendre l'atmosphère et gagner la sympathie du jury. Il ne s'agit pas de rire faussement ou de sourire en permanence mais d'afficher une attitude aimable.
- La politesse est de mise, même si parfois le stress fait oublier les fondamentaux de la courtoisie : saluer vos interlocuteurs, remercier, attendre d'être invité à s'asseoir ou à partir avant de le faire.
- Laissez au jury le temps de s'installer : ne foncez pas tête baissée dans votre exposé, attendez leur signal pour commencer.

LA MINUTE DU COACH
Retrouvez les conseils de notre coach pour faire une bonne première impression.
→ hatier-clic.fr/21pgo04

II Communiquer efficacement

1 Regarder les membres du jury

- Se retrouver face à face avec un jury composé de deux professeur·e·s inconnu·e·s peut vous paraître impressionnant. Cependant, votre réussite à l'oral repose aussi sur votre capacité à surmonter ce stress et à vous adresser réellement au jury, à travers ce que vous dites mais aussi par le regard.
- Ne fixez pas vos interlocuteurs, mais accordez-leur des regards réguliers, afin de capter leur attention. Si vous avez des difficultés à les regarder dans les yeux, vous pouvez imaginer un point entre leurs deux yeux, ce qui vous évitera d'être mal à l'aise en croisant leur regard.

2 Soigner la gestuelle

- Évitez de rester trop statique, mais ne surchargez pas non plus votre intervention par des gestes répétitifs ou sans lien avec le propos.

- Vos gestes doivent intervenir à des moments essentiels de votre prise de parole afin d'appuyer ce que vous dites. Ils doivent donc coïncider avec ce que vous cherchez à exprimer : enthousiasme, opposition, implication personnelle…

3 Éviter la monotonie

- Variez les intonations pour donner de la vivacité à ce que vous dites et ne pas ennuyer votre jury.
- Insistez sur les aspects essentiels en appuyant sur certains segments de phrases ; marquez les interrogations ou les exclamations par une intonation expressive.
- Ayez l'air convaincu·e de ce que vous affirmez en adoptant une voix claire et en apparaissant sûr·e de vous.

LA MINUTE DU COACH

Retrouvez les conseils de notre coach pour :
- prendre conscience de l'importance du regard → hatier-clic.fr/21pgo03
- travailler sa posture et sa gestuelle → hatier-clic.fr/21pgo02

zoOm

Appuyer son propos par des gestes signifiants

Il est important d'appuyer son discours par des gestes qui retiennent l'attention et soulignent les moments clés.

- Mains tendues vers l'auditoire : impliquer le public.

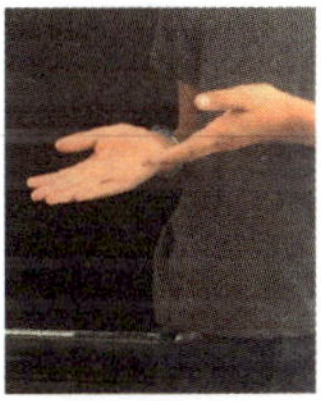

- Mains à gauche puis à droite : souligner une opposition.

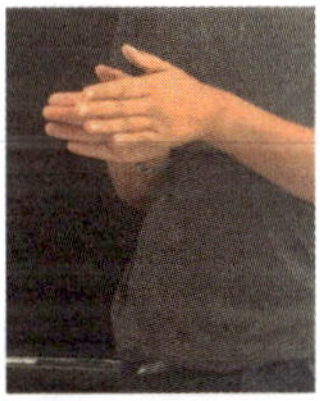

- Compter avec ses doigts : énumérer.

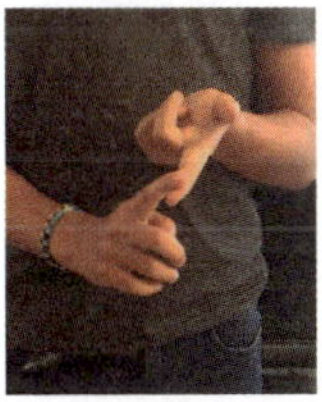

- Mains écartées ou rapprochées : exprimer l'union ou la désunion.

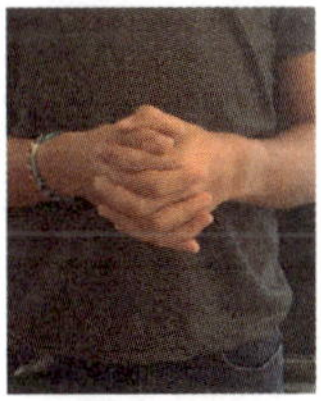

- Lever ou baisser un doigt : exprimer un doute ou un questionnement.

- Main sur la poitrine : montrer son implication personnelle.

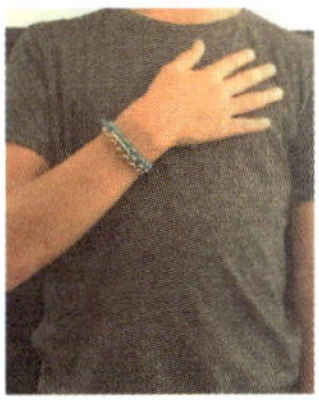

21 S'exprimer de manière claire et fluide

En bref *Si une bonne partie de la communication repose sur l'attitude non verbale, il ne faut évidemment pas négliger l'aspect verbal de l'échange.*

I Utiliser un vocabulaire juste et précis

1 Choisir ses mots

■ Vous êtes jugé·e sur la qualité de votre expression, d'où l'importance de bien choisir vos mots. Il est parfois difficile de trouver la bonne formulation : prenez le temps de chercher les **termes les plus appropriés**.

> **CONSEIL**
> Ne commencez pas votre réponse par un segment de phrase qui vous fait perdre toute crédibilité : « Je ne sais pas, mais... », « Je ne suis pas sûr, mais... ».

■ Si un terme familier vous échappe, reformulez dans un **registre plus soutenu**. Évitez les contractions (« j'sais pas », « j'pense ») : prononcez correctement les négations en incluant un « ne » audible.

2 Varier son expression

Le jury appréciera que vous fassiez un effort pour varier les tournures.

Varier les expressions utilisées

- **Donner son opinion :** *à mon sens, pour ma part, il me semble, je suis d'avis que...*
- **Appuyer le propos :** *clairement, évidemment, naturellement, nettement...*
- **Introduire une analyse :** *on remarque, on constate, on peut souligner, il est à noter que...*

3 Bannir les tics de langage

Ces petits marqueurs de la communication sont à proscrire le jour de votre oral.

■ Commencez par **repérer ceux que vous employez le plus souvent** et essayez de vous en débarrasser lors de vos prises de parole. Il peut s'agir :
- d'expressions en vogue (« genre », « carrément », « trop », « j'avoue »...) ;
- de mots de liaison (« donc », « alors », « et voilà », « en fait »...) ;
- d'onomatopées (« euh », « ben », « bah... »).

■ Bannissez également **la mise entre guillemets** (geste à l'appui) qui indique que vous n'avez pas trouvé le mot juste pour vous exprimer.

II Soigner son élocution

■ **Parlez distinctement** en articulant pour être bien compris·e. Faites particulièrement attention à ne pas « avaler » les fins de phrases et les fins de mots.

■ **Adaptez le volume de votre voix** en fonction de la proximité avec votre auditoire. Ni trop fort, ni pas assez, vous devez trouver le juste équilibre. N'hésitez pas à demander si l'on vous entend bien.

III Adopter le bon rythme

■ Ne parlez **ni trop lentement**, pour avoir le temps de tout dire, **ni trop vite**, pour laisser au jury la possibilité d'intégrer ce que vous dites et de prendre des notes.

■ Trouvez le juste équilibre en ralentissant ou en accélérant le débit **selon la nature de votre propos** :
- ralentissez lorsque vous présentez le plan, lorsque vous abordez un aspect essentiel, lorsque vous voulez particulièrement retenir l'attention ;
- accélérez au moment des exemples, des énumérations, des citations.

■ N'hésitez pas à **reformuler** plusieurs fois un aspect important de votre intervention et à **faire des pauses** entre deux idées.

LA MINUTE DU COACH
Retrouvez les conseils de notre coach pour travailler votre voix.
→ hatier-clic.fr/21pgo01

zoOm

Recourir à des figures de style

Pour renforcer votre propos, vous pouvez recourir à des figures de style, en particulier à des **figures de construction** (qui jouent sur la syntaxe).

4 figures de construction

- **l'anaphore :** répétition d'un terme en tête de phrase
- **la gradation :** énumération de termes de force croissante
- **le parallélisme :** répétition d'une même construction
- **l'antithèse :** rapprochement de deux propositions de sens contraire

22 Bien gérer son stress

En bref *Il est normal d'être stressé·e lors d'un examen, en particulier lorsqu'il s'agit d'un oral. Toutefois, avec un peu d'entraînement, vous pouvez apprendre à contrôler les manifestations physiques du stress afin qu'il ne nuise pas à la qualité de votre prestation.*

I Comprendre le mécanisme en jeu

- Le stress est une **réaction instinctive**, héritée d'un mécanisme primitif de fuite ou de contre-attaque face à un danger. Dans le cas d'un examen, votre corps interprète votre inquiétude comme le signe d'un danger et le processus se met en branle : accélération du rythme cardiaque, respiration courte, tension des muscles, transpiration...

- Le but n'est pas de vous débarrasser complètement du stress car il vous maintient dans un état d'alerte qui vous permettra de vous surpasser. En revanche, il faut **l'apprivoiser** pour ne pas le laisser vous paralyser.

- Chacun réagit différemment et de manière **plus ou moins forte** : apprenez à repérer comment le stress se manifeste chez vous afin de mieux y faire face.

BON À SAVOIR
En situation de stress, nos sensations sont exacerbées. Notre inconfort est en réalité bien moins visible qu'on ne le croit !

II Apprendre à gérer son stress

1 Pendant l'année

Il existe de nombreuses stratégies pour apprendre à gérer son stress.

- **La pratique.** Comme toute performance, un oral se prépare : entraînez-vous à présenter votre exposé devant un miroir, une caméra, vos camarades... Plus vous maîtrisez votre sujet, plus vous serez à l'aise le jour J.

- **La visualisation.** Imaginez le déroulement de l'oral de manière positive afin que votre corps ne l'associe plus à un danger. Isolez-vous et visualisez votre prestation comme un film, avec de nombreux détails.

- **La respiration.** Respirer correctement est un moyen aussi simple que puissant pour diminuer le stress : entraînez-vous avec les exercices ci-après → ZOOM.

LA MINUTE DU COACH
Retrouvez les conseils de notre coach pour :
– se préparer par la respiration → hatier-clic.fr/21pgo11
– faire le calme en soi → hatier-clic.fr/21pgo12

2 Le jour J

- Supprimez toute source de stress inutile : choisissez des vêtements confortables, arrivez en avance et ne révisez pas à la dernière minute.
- Prenez soin de votre **sommeil** dans les jours qui précèdent et accordez-vous des moments de détente (sortez, faites du sport, écoutez de la musique...).
- **Respirez profondément** avant d'entrer dans la salle ou dès que vous sentez le stress vous gagner.

zoOm

Quelques exercices de respiration

La respiration abdominale

Inspirez en gonflant le ventre et expirez en le rentrant.

Vous pouvez poser vos mains sur le ventre pour mieux ressentir l'air qui entre et sort. Faites cet exercice une dizaine de fois lentement.

La respiration par paliers

Inspirez en commençant par gonfler le ventre, puis la cage thoracique, puis la gorge. Expirez selon le même principe, en vidant d'abord la gorge, puis la cage thoracique, puis le ventre.

Répétez l'exercice plusieurs fois, en prenant conscience des différentes étapes et en allongeant progressivement les respirations.

La cohérence cardiaque

Inspirez par le nez pendant 3 secondes, retenez votre respiration pendant 12 secondes, puis expirez par la bouche pendant 6 secondes.

Imaginez en même temps que vous respirez à travers votre cœur et essayez de caler vos respirations sur ses battements.

MÉMO VISUEL

AMÉLIORER SES CAPACITÉS

Soigner son expression

La richesse de la langue
- Employer un vocabulaire précis
- Utiliser des tournures variées

La qualité de l'expression
- S'exprimer dans un langage courant ou soutenu
- Supprimer les tics de langage

Prendre en compte son auditoire

- Saluer le jury en entrant dans la salle.
- Se montrer ouvert·e et souriant·e.
- Se tenir droit·e, les pieds bien ancrés dans le sol.
- Regarder régulièrement l'auditoire.

Le Brio, film de Y. Attal (2016).

Mettre en valeur son propos

Par la voix
- Parler avec une voix suffisamment forte.
- Articuler et prononcer distinctement toutes les syllabes.
- Maîtriser son débit de parole.
- S'appuyer sur une intonation expressive.

Par la gestuelle
- Appuyer son propos par une gestuelle pertinente.
- Bannir les gestes parasites.

ORATOIRES

À voix haute, documentaire de S. de Freitas et L. Ly (2017).

Gérer son stress

- S'entraîner devant différents publics pour apprivoiser son stress
- Prendre le temps de respirer profondément avant de prendre la parole et dès que l'on sent le stress monter.

SE TESTER QUIZ

Vérifiez que vous avez bien compris les points clés des **fiches 20 à 22**.

1 Retenir l'attention du jury

→ FICHE 20

1. Comment établir un bon contact avec les membres du jury ?

- ☐ **a.** les saluer en arrivant
- ☐ **b.** commencer tout de suite sa présentation
- ☐ **c.** se montrer positif·ve et motivé·e
- ☐ **d.** ne pas croiser leur regard

2. Parmi ces gestes, lesquels peuvent appuyer votre propos ?

- ☐ **a.** se gratter la tête
- ☐ **b.** écarter les mains
- ☐ **c.** compter sur ses doigts
- ☐ **d.** se frotter les mains

2 S'exprimer de manière claire et fluide

→ FICHE 21

1. Soigner son expression signifie :

- ☐ **a.** utiliser beaucoup de mots techniques
- ☐ **b.** utiliser un vocabulaire précis et des tournures variées
- ☐ **c.** adopter un niveau de langue courant ou soutenu
- ☐ **d.** s'efforcer de construire des phrases longues et complexes
- ☐ **e.** éviter les tics de langage

2. Pour mettre en valeur une idée clé, il est utile :

- ☐ **a.** de parler plus fort
- ☐ **b.** de ralentir le débit de parole
- ☐ **c.** de la reformuler
- ☐ **d.** de marquer une courte pause

3 Bien gérer son stress

→ FICHE 22

1. Cochez les affirmations correctes.

- ☐ **a.** Le stress est impossible à contrôler.
- ☐ **b.** Le stress provient d'un processus chimique à l'œuvre dans le cerveau.
- ☐ **c.** Le stress permettait à l'origine de réagir face à un danger.
- ☐ **d.** Il existe du bon stress et du mauvais stress.

2. Pour réduire le stress, il est recommandé de :

- ☐ **a.** réviser au dernier moment
- ☐ **b.** faire des exercices de respiration
- ☐ **c.** faire du sport
- ☐ **d.** improviser son oral

OBJECTIF GRAND ORAL

4 Convaincre son auditoire

L'exposé se faisant sans notes, il n'est pas question de lire ses fiches. Mais avoir bien mémorisé votre présentation ne doit pas conduire à une restitution par cœur, sans énergie ni conviction. Il faut montrer que vous savez de quoi vous parlez, et non que vous récitez une leçon.

L'EXERCICE

Mémorisez l'introduction suivante, puis entraînez-vous à la présenter à l'oral de manière efficace et convaincante.

- **Question présentée :** Les sociétés humaines sont-elles dépendantes du climat ? L'exemple de l'Égypte.
- **Spécialités concernées :** SVT, HGGSP.

[Accroche] Actuellement, nous sommes très préoccupés par le réchauffement climatique et nous nous demandons si nos sociétés pourront s'adapter à un tel bouleversement. **[Présentation du sujet]** Pourtant, depuis l'apparition de l'homme moderne, le climat mondial a déjà été modifié de nombreuses fois : des phases glaciaires ont succédé à des phases plus chaudes, telle l'époque actuelle, et les sociétés humaines se sont toujours adaptées à ces changements. **[Formulation de la problématique]** Passionné·e d'archéologie, j'ai voulu étudier comment le climat a pu contribuer à modeler la civilisation égyptienne antique, et comment, de nos jours encore, l'Égypte, située aux portes du Sahara, reste un pays particulièrement sensible aux variations climatiques. **[Annonce du plan]** J'expliquerai d'abord comment le climat a pu influencer l'installation des humains en Égypte, puis j'évoquerai les conséquences du réchauffement climatique actuel sur cette région.

À NOTER
Retrouvez l'intégralité de cet exposé pages 132-134.

▸▸▸ LA FEUILLE DE ROUTE

Étape 1 S'approprier le texte

Lisez plusieurs fois le texte pour vous l'approprier. N'hésitez pas à le modifier un peu : l'objectif n'est pas de le réciter par cœur, au mot près, mais de le présenter avec naturel.

Étape 2 Mettre la bonne intonation

- Insistez sur les **connecteurs logiques** pour permettre au jury de se repérer : *pourtant, d'abord, puis.*

- Identifiez les **mots-clés**, les éléments essentiels, que vous accentuerez particulièrement. L'emphase portée sur certains mots contribue à enrichir le sens du propos et en facilite la compréhension.

Ex. : accentuer « nos sociétés » suggère que nous sommes tous concernés, tandis qu'insister sur « un tel bouleversement » fait ressortir la gravité de la situation.

Étape 3 Faire des pauses

- Les **silences** sont aussi importants que les paroles. Respectez bien la ponctuation et marquez des pauses avant les idées importantes (notamment après les connecteurs logiques) pour créer un effet de suspense.

- **Articulez** et parlez distinctement. Prenez le temps de bien prononcer chaque mot, sans hésiter et sans bafouiller. Si toutefois vous bafouillez, respirez profondément puis reprenez le fil de votre propos.

Ex. : prenez soin de dire « j'expliquerai » et pas « j'expliqu'rai », « déjà » et pas « d'jà »,« le climat » et pas « l'climat ».

Étape 4 Appuyer le discours par des gestes signifiants

- Afin d'éviter les gestes parasites, le mieux est de se servir de ses mains pour appuyer son discours. Multipliez les **gestes d'ouverture** vers le jury.

Ex. : tendez la main, paume ouverte, au moment où vous évoquez « nos sociétés » ; placez la main sur votre poitrine, à l'inverse, quand vous utilisez la 1re personne et parlez de vos centres d'intérêt → ZOOM p. 97.

- Vous pouvez aussi accompagner **l'annonce du plan** en comptant avec vos doigts : « d'abord » (pouce tendu) et « puis » (index). Un plan en deux parties peut également être annoncé par des mouvements des mains jointes d'un côté, puis de l'autre.

Étape 5 Présenter l'introduction de manière naturelle et convaincante

→ CORRIGÉ p. 107

CORRIGÉS

SE TESTER QUIZ

1 Retenir l'attention du jury

1. Réponses a et c.
Prenez le temps de respirer et attendez d'être invité·e à parler avant de commencer votre exposé. Regardez régulièrement le jury au cours de votre présentation.

> **CONSEIL**
> Si vous n'osez pas regarder les membres du jury dans les yeux, vous pouvez fixer un point au-dessus de leurs têtes.

2. Réponses b et c.
Se gratter la tête et se frotter les mains sont des gestes parasites, à éviter.

2 S'exprimer de manière claire et fluide

1. Réponses b, c et e.
L'objectif n'est pas d'utiliser des mots techniques pour impressionner le jury, mais de montrer que vous maîtriser le vocabulaire lié à votre sujet. Nul besoin non plus de faire des phrases complexes dans lesquelles vous risquez de vous perdre : privilégiez les phrases simples.

2. Réponses b, c et d.

3 Bien gérer son stress

1. Réponses b, c et d.
Avec de l'entraînement, vous pouvez réussir à maîtriser votre stress.

2. Réponses b et c.

OBJECTIF GRAND ORAL

4 Convaincre son auditoire

Voici quelques indications pour vous guider. Les connecteurs logiques sont surlignés en jaune, les mots ou expressions à accentuer sont soulignés.

[profonde respiration] Actuellement, nous sommes très préoccupés par le <u>réchauffement climatique</u> et nous nous demandons si nos sociétés pourront s'adapter à un <u>tel</u> bouleversement. **[pause]** **Pourtant**, depuis l'apparition de l'homme moderne, le climat mondial a déjà été modifié de nombreuses fois : des phases glaciaires ont succédé à des phases plus chaudes, telle l'époque actuelle, et les sociétés humaines se sont <u>toujours</u> adaptées à ces changements. **[pause]** Passionné·e d'archéologie **[geste soulignant votre implication personnelle]**, j'ai voulu étudier comment le climat a pu contribuer à <u>modeler</u> la civilisation égyptienne antique, et comment, de nos jours encore, l'Égypte, située aux portes du Sahara, reste un pays <u>particulièrement sensible</u> aux variations climatiques. **[pause]** J'expliquerai **d'abord** **[geste « un »]** comment le climat a pu influencer l'<u>installation</u> des humains en Égypte, **puis** **[geste « deux »]** j'évoquerai les <u>conséquences</u> du réchauffement climatique actuel sur cette région.

6 Réussir l'épreuve le jour J

FICHES DE COURS

SUJETS CORRIGÉS

23 Présenter la question au jury

En bref *Votre présentation doit être synthétique et rendre compte efficacement du questionnement. Le jury vous évalue principalement sur la solidité de vos connaissances et votre capacité à argumenter.*

I Optimiser le temps de préparation

Le jury vient de choisir l'une des deux questions préparées. Vous avez alors 20 minutes pour mettre en ordre vos idées et réaliser – si vous le souhaitez – un support écrit.

1 Mettre en ordre vos idées

20 minutes de préparation, c'est à la fois long et court. Comment les utiliser ?

- Prenez le temps de vous remémorer **le déroulé de votre exposé**, notamment votre introduction et votre conclusion.
- Réalisez soigneusement votre **support écrit** le cas échéant → FICHE 13.
- Gardez quelques minutes avant la fin du temps de préparation pour **respirer profondément** et faire redescendre le stress → FICHE 22.

2 Préparer un support pour le jury

- Les 20 minutes servent aussi à préparer, le cas échéant, votre support pour le jury.
- L'objectif est de permettre à votre auditoire de **mieux suivre votre présentation**. Votre support peut ainsi prendre des formes variées → FICHE 13.

CONSEIL
Bien que non évalué, le support doit être pertinent et lisible pour bien disposer le jury.

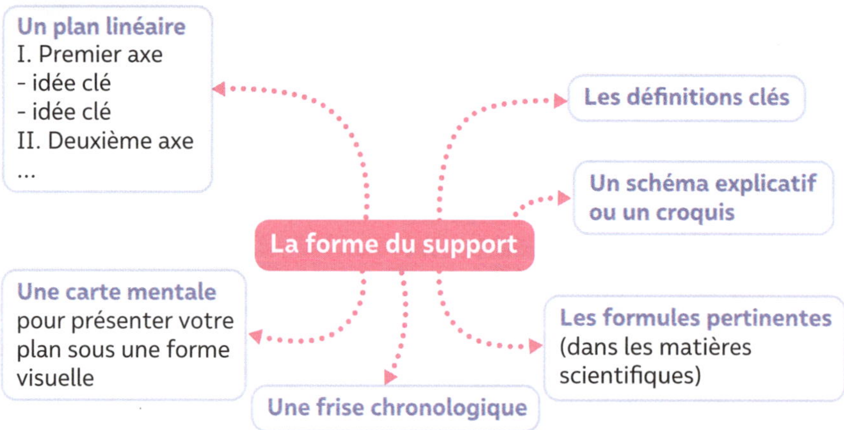

II Faire une présentation claire et fluide

1 Soigner les étapes clés de l'exposé

■ Vous devez prêter une attention particulière à l'introduction et à la conclusion.

L'introduction	La conclusion
• amène le sujet • pose clairement la question • annonce le plan	• fait le bilan des recherches • répond à la question • ouvre de nouvelles perspectives

■ Lorsque vous annoncez le plan, vous pouvez recourir à des formules telles que :

Tout d'abord nous nous intéresserons…
Puis nous étudierons…, avant de montrer que…

2 Mettre en évidence la progression de l'exposé

■ Plus encore qu'à l'écrit, vous devez être attentif ou attentive aux **transitions**, de manière que votre auditoire comprenne bien la progression de votre présentation. Les passages d'une partie à l'autre doivent ainsi être explicités.

Nous venons de voir que…

Nous allons maintenant essayer de comprendre comment ce processus…

CONSEIL
Tout au long de votre présentation, n'hésitez pas à rappeler le fil conducteur en reprenant les mots-clés de la question.

■ Les **liens entre les idées** d'une partie doivent également être clarifiés au moyen de connecteurs logiques : selon le cas, de cause (*car, en effet*…), de conséquence (*donc, c'est pourquoi*…), d'opposition (*cependant*…), de concession (*certes… mais*…), d'addition (*de plus, en outre*…).

zoOm

Parler debout

■ Placez-vous face à votre jury, bien **au centre.**

■ **Ancrez vos pieds au sol**, de manière à avoir une assise stable.

■ Placez dès le départ **vos mains à hauteur de votre ventre**, sans les laisser pendre. Vous pouvez les croiser devant vous et les dénouer lorsqu'il sera nécessaire d'appuyer le propos → ZOOM p. 97.

Image extraite du film *À voix haute* de Ladj Ly et Stéphane de Freitas, 2017.

24 Répondre aux questions en lien avec la présentation

En bref *Lors de la deuxième partie de l'épreuve, le jury revient sur la présentation et évalue plus largement vos connaissances dans les disciplines correspondant à vos spécialités.*

I Anticiper les questions

1 Les questions sur la présentation

■ Le jury va en premier lieu revenir sur certains points de la présentation pour vous **demander des précisions**.

- Vous avez affirmé que... : pouvez-vous donner un exemple ?
- Vous avez cité... : quelle est votre source ?
- Comment définissez-vous le mot ... ?

■ Afin de ne pas être surpris·e, efforcez-vous de les anticiper lors de l'élaboration de l'exposé.

2 Les questions sur le programme

■ Cependant, le jury peut aussi vous poser des questions sur d'autres thèmes de vos **programmes de spécialités**.

■ C'est pourquoi vous devez travailler tout au long de l'année les notions au programme, en imaginant cette interrogation. Voici 4 conseils clés :

ATTENTION
Ces questions peuvent porter sur des thèmes hors du programme limitatif de l'épreuve écrite.

4 conseils clés

1. Faites des fiches pour chaque chapitre
2. Assurez-vous de pouvoir définir les mots-clés
3. Questionnez votre enseignant·e en cas d'incompréhension
4. Complétez le travail fait en cours avec des recherches personnelles

II Développer une posture d'échange

1 Donner des réponses appropriées

■ Un seul des deux membres du jury est spécialiste des domaines concernés par votre question. Votre réponse doit donc être **précise mais pas trop jargonneuse**.

■ D'autres conseils utiles :

Pensez à...	Évitez de...
prendre quelques secondes pour « digérer » la question	vous précipiter : vous risquez de ne pas répondre à la question
donner des réponses brèves pour des précisions, plus longues pour un avis personnel	répondre par oui ou par non : efforcez-vous de développer
vous appuyer sur des connaissances précises, des chiffres, des dates...	rester dans les généralités et utiliser le pronom *on*

2 Gérer les difficultés

■ Si vous n'êtes **pas sûr·e de comprendre** la question :

- reformulez-la à voix haute pour vérifier que vous avez bien compris ;

  Vous me demandez si... Vous voulez savoir comment...

- demandez des précisions ou un exemple.

  Qu'entendez-vous par... ? Pouvez-vous me donner un exemple ?

■ Si vous **ne savez pas quoi répondre**, osez le dire : vous pouvez toutefois commencer par faire remarquer la pertinence de la question.

Ce point me semble en effet très intéressant, mais je n'ai pas eu le temps de l'approfondir.

LA MINUTE DU COACH
Retrouvez les conseils de notre coach pour savoir écouter pour bien argumenter :
→ hatier-clic.fr/21pgo08

zoOm

Éviter les gestes parasites

Apprenez à identifier les gestes d'auto-contact que vous effectuez pour vous rassurer en situation de stress : ils brouillent la communication et traduisent votre inconfort. Or, avec un peu d'entraînement, il est facile de les éviter.

Passer la main dans ses cheveux

Remonter ses manches, tirer dessus

Toucher sa montre, un bijou...

Se gratter avec insistance

25 Défendre son projet d'orientation

En bref *Au cours de cette partie de l'épreuve, vous exposez votre projet d'orientation : quel(s) domaine(s) vous intéresse(nt), depuis quand, quels choix et démarches vous avez faits pour vous en rapprocher...*

I Faire le lien entre la question traitée et son projet d'orientation

■ Le jury va commencer par vous demander en quoi le travail sur la question traitée **a nourri votre réflexion sur votre projet d'orientation**. Voici quelques éléments de réponse, à adapter en fonction de votre sujet et de votre projet :

- En travaillant sur ce sujet au croisement de deux disciplines, j'ai acquis la certitude que je souhaitais continuer à les étudier l'une et l'autre : d'où le choix d'un cursus proposant...
- La préparation de cet oral m'a permis de rencontrer des professionnels travaillant dans le domaine de ..., qui m'ont donné envie de suivre leur voie ; c'est pourquoi j'ai choisi des études dans la filière...

CONSEIL
Même si vous avez fait plusieurs choix d'orientation (sur Parcoursup ou par des candidatures directes), mettez plutôt l'accent sur celui qui est le plus en lien avec la question traitée. Ainsi votre démarche paraîtra cohérente.

■ Vous pouvez aussi évoquer **les compétences acquises** lors de la construction de votre projet → FICHE 14 et la préparation de cette épreuve orale : mener un travail de recherche, confronter des données, faire un travail de synthèse, s'entraîner à s'exprimer à l'oral... Montrez qu'elles vous seront **utiles pour la suite de vos études** et dans votre vie professionnelle.

II Expliquer les étapes de son projet d'orientation

1 Projet professionnel ou projet de poursuite d'études ?

■ Si vous avez une idée précise de métier ou de secteur, vous pouvez partir de ce **projet professionnel**, expliquer pourquoi cet environnement vous attire, puis faire le lien avec les études qui y mènent.

■ Mais vous avez le droit, à 17-18 ans, de ne pas encore savoir quel métier vous aimeriez exercer. Contentez-vous alors d'expliquer quel(s) domaine(s) vous intéresse(nt) et **quels choix d'études** postbac vous avez faits en conséquence.

CONSEIL
Reprenez les arguments utilisés lors de la rédaction de votre projet de formation motivé sur Parcoursup pour préparer cette partie de l'oral.

■ Si vous hésitez encore entre **deux voies**, vous pouvez exposer les différentes possibilités envisagées.

2 La genèse et la mise en œuvre du projet

■ Pour retracer la **genèse** du projet, expliquez :
- comment l'idée de ce projet d'orientation vous est venue ;
- comment elle a guidé vos choix de spécialités ;
- comment elle s'est renforcée à travers différentes activités et expériences.

CONSEIL
N'hésitez pas à illustrer votre propos par une expérience déterminante pour votre choix de projet (cours, rencontre, stage, expérience personnelle...).

■ Mentionnez la **filière choisie**, l'école ou l'université que vous souhaiteriez intégrer et les enseignements qui vous attendent. Décrivez concrètement le parcours que vous envisagez : cursus, durée des études, diplôme visé...

■ Faites le bilan de vos atouts et de vos limites, en vous appuyant sur les attendus et les caractéristiques des formations visées. Montrez que vous disposez d'une **bonne connaissance de vous-même** et de vos capacités.

zoOm

Développer une argumentation personnelle

Pour mieux convaincre le jury de votre motivation, vous devez mettre en évidence que **ce projet est vraiment le vôtre**.

Les composantes personnelles de votre projet

1. scolaires
- vos spécialités de 1re et Tle
- vos préférences pour certaines matières
- vos compétences scolaires

2. extrascolaires
- vos stages (notamment celui de 3e)
- vos engagements (comme délégué·e de classe, dans un projet...)
- vos centres d'intérêt, vos convictions
- des événements personnels qui ont pu faire naître une vocation

MÉMO VISUEL

RÉUSSIR L'ÉPREUVE

Bien gérer son temps de préparation

- Remémorez-vous le **déroulé** de votre exposé.
- Préparez le **support** à remettre au jury (si vous en avez prévu un).

Présenter la question

- Prenez le temps de **respirer profondément** pour calmer votre stress.
- Maîtrisez votre **débit de parole**, n'oubliez pas de faire des pauses.
- Pensez à **regarder** régulièrement le jury.
- Veillez à éviter les gestes parasites.

LE JOUR J

Répondre aux questions du jury

- Accordez-vous un petit **temps de réflexion** avant de répondre.
- **Développez** vos réponses et mettez en valeur vos connaissances.
- Montrez-vous **dynamique** et réactif·ve.

Défendre son projet d'orientation

- Faites le lien entre votre question d'oral et votre projet.
- Mettez en valeur les **démarches effectuées** : recherches, rencontres, visites…
- Évoquez les **étapes** de construction du projet, les hésitations, les choix.
- Montrez que votre projet vous correspond et que vous êtes **motivé·e**.

Les conseils du coach

- Se préparer physiquement → hatier-clic.fr/21pgo09
- Se préparer mentalement → hatier-clic.fr/21pgo10

▶ SUJET 1 | MATHS

PRÉSENTATION ET ENTRETIEN

20 min

Comment l'astronomie, la navigation et le calcul bancaire sont-ils à l'origine de l'invention des logarithmes ?

L'étude de l'apparition d'un nouveau concept mathématique, le logarithme, et ses liens avec les applications qu'il suscite pourraient intéresser un·e élève curieux·se d'histoire des sciences, d'astronomie et d'économie !

1. PRÉSENTATION D'UNE QUESTION (5 MIN)

Les titres en vouleur mettent en évidence la structure de la présentation.

Introduction

[Accroche] Au XVIIe siècle, l'essor de la navigation et le développement du commerce sont à l'origine de nombreux problèmes de calcul numérique. Certains mathématiciens tentent de trouver des méthodes de calcul rapides et sûres. **[Présentation du sujet]** Très intéressé·e par l'astronomie, je me suis souvent demandé·e comment les « anciens » pouvaient prévoir avec tant de précision certains phénomènes naturels, qui demandent d'effectuer de nombreux calculs. **[Annonce du plan]** J'expliquerai d'abord comment les logarithmes permettent de multiplier des grands nombres en minimisant le temps et le risque d'erreurs, j'évoquerai ensuite les idées mathématiques qui ont permis cette découverte et je donnerai enfin de nombreux exemples d'applications de ce procédé qui soulagea tant de scientifiques.

À NOTER
Choisissez un plan simple, en deux ou trois parties, en commençant par expliquer la propriété fondamentale des logarithmes qui est le cœur du sujet.

I. Multiplier à l'aide des logarithmes

■ À une époque où tous les calculs se font à la main, la longueur de certains est un obstacle majeur au progrès scientifique. On peut notamment citer les calculs de trigonométrie en astronomie, les calculs d'intérêts composés effectués par les banquiers… Les logarithmes, inventés par l'Écossais John Napier en 1614, ont comme « merveilleuse » propriété de transformer les produits en sommes et de simplifier les calculs.

■ Voici un aperçu de la méthode de Napier pour multiplier deux nombres A et B. Par l'intermédiaire de tables, on associe à ces deux nombres leurs logarithmes, notés $\mathrm{LN}(A)$ et $\mathrm{LN}(B)$. Ceux-ci possèdent la propriété suivante : $\mathrm{LN}(A)+\mathrm{LN}(B)=\mathrm{LN}(A\times B)$.

Ainsi, pour déterminer une valeur approchée du produit $A \times B$, par lecture inverse des tables, il suffit d'effectuer l'addition $\mathrm{LN}(A) + \mathrm{LN}(B)$.

II. Définir les logarithmes

- L'idée majeure de Napier est de mettre en correspondance une progression géométrique (*logos*) et une progression arithmétique (*arithmos*) de manière à généraliser à des exposants non entiers la propriété $q^a \times q^b = q^{a+b}$.
- Par l'intermédiaire de tables, Napier donne un moyen de faire correspondre un « logarithme » qui possède cette propriété à chaque nombre positif. Napier procède par approximations, et obtient des valeurs d'une très grande précision, à l'aide de calculs simples et faciles à vérifier.
- À son époque, la notion de fonction n'existe pas. Pourtant, cette mise en correspondance est bien une « fonction » : l'opposé de la fonction logarithme népérien, nommée en l'honneur de Napier (Neper en français).

[Transition] S'il a fallu quarante ans à Napier pour établir sa théorie et ses tables, une fois connues, elles ont fait gagner énormément de temps aux scientifiques.

III. Utiliser les logarithmes

- Le temps de calcul que demande une multiplication est bien supérieur à celui d'une addition, et ce d'autant plus que les nombres considérés sont grands. En effet, une multiplication demande d'effectuer environ autant d'additions qu'il y a de chiffres dans les nombres considérés. Le fait de transformer les produits en sommes a donc pour avantages la simplicité et la rapidité d'exécution. Comme le dira plus tard Laplace, « l'invention des logarithmes [...] double pour ainsi dire la vie des astronomes ».
- Les contemporains de Napier apprécient rapidement ce nouvel outil de calcul. **Henry Briggs**, professeur de mathématiques à Londres, engagé dans de difficiles calculs astronomiques, reconnaît l'intérêt des logarithmes et va faciliter leur utilisation. L'Allemand **Johannes Kepler** les utilise pour calculer des éphémérides astronomiques. Les **marins** s'en emparent et les utilisent pour calculer des distances. Pour un **banquier**, il devient facile de connaître le temps qu'il faut à un capital pour doubler lorsqu'il est placé à intérêts composés.

> **À NOTER**
> Pour chaque exemple cité, vous devez être en mesure de répondre à d'éventuelles demandes de précisions de la part du jury.

Conclusion

Toute activité scientifique nécessite du calcul numérique. Les logarithmes de Napier sont une avancée historique notoire qui sera suivie en 1624 par la définition de Briggs des logarithmes décimaux, plus adaptés à la numération en base dix. Aujourd'hui la fonction ln, héritée des travaux de Napier, est étudiée en terminale. L'échelle logarithmique est d'un emploi courant dans de nombreux domaines : en chimie (le pH), en acoustique (le décibel), en sismologie (l'échelle de Richter), etc. Et les logarithmes sont encore un sujet de recherche, notamment en cryptographie, avec le logarithme discret.

2. ÉCHANGE AVEC LE JURY (10 min)

Voici quelques-unes des questions que le jury pourrait poser à la suite de la présentation ainsi que des réponses possibles (à développer le jour J).

Pouvait-on utiliser les logarithmes pour d'autres calculs fastidieux ?

Oui, bien sûr, les logarithmes transforment les quotients en différences, les carrés en doubles, les racines carrées en moitiés, etc.

Par exemple, pour calculer la racine carrée d'un nombre strictement positif X, on déterminait à l'aide des tables $\text{LN}(X)$ que l'on divisait par 2. Le nombre obtenu, mettons Y, est tel que $Y = \text{LN}(R)$ où R est la racine cherchée que l'on détermine par lecture inverse de la table.

> **À NOTER**
> Cette question permet au jury de juger de votre niveau de compréhension du sujet.

Quel lien existe-t-il entre logarithme décimal et logarithme népérien, et dans quel domaine le logarithme décimal est-il utilisé ?

Le logarithme décimal, noté log, est le logarithme népérien divisé par ln(10) : $\log(x) = \dfrac{\ln(x)}{\ln(10)}$, $x > 0$. On a donc $\log(10) = 1$ et $\log(10^n) = n$, pour n entier.

On l'utilise par exemple en chimie pour le potentiel hydrogène noté pH qui vaut $-\log[H^3O^+]$ et qui mesure l'acidité d'une solution.

Quel est le lien entre l'aire sous la courbe de la fonction inverse et la fonction ln ?

La fonction ln admet sur $]0\,;+\infty[$ pour fonction dérivée la fonction inverse. Pour tout $x > 1$, $\displaystyle\int_1^x \frac{1}{t}\,dt = \ln x$. Donc $\ln x$ est, en unité d'aire, l'aire sous courbe de la fonction inverse entre 1 et x.

3. ÉCHANGE SUR LE PROJET D'ORIENTATION (5 min)

Comment avez-vous choisi le sujet de votre exposé ? En quoi est-il en lien avec votre projet d'orientation ?

J'ai choisi ce sujet car j'ai toujours été intrigué·e par l'apparition de nouveaux concepts mathématiques et leurs utilisations éventuelles en sciences de l'ingénieur. Je me suis rapidement aperçu·e que les théorèmes de géométrie (Pythagore, Thalès...) étaient très utiles en architecture, que les fonctions exponentielles et trigonométriques permettaient d'étudier les phénomènes vibratoires, etc. Je pense poursuivre mes études en classe préparatoire afin d'intégrer une école d'ingénieurs pour travailler dans le domaine de la recherche astronomique.

> **À NOTER**
> Ce sujet peut être mis en lien avec d'autres projets d'études, notamment en histoire des sciences, enseignement, informatique (cryptographie, algorithmique), architecture, géologie...

SUJET 2 | MATHS

PRÉSENTATION ET ENTRETIEN

20 min

Quels modèles discrets peut-on considérer pour l'étude de l'évolution d'une population ?

Qu'il s'agisse d'étudier des bactéries, les habitants d'une région ou les malades d'une épidémie, le choix du modèle pour décrire l'évolution d'une population peut avoir des conséquences importantes sur l'analyse. Ce sujet pourrait vous intéresser si vous vous destinez à des études médicales ou sociales.

1. PRÉSENTATION D'UNE QUESTION (5 MIN)

Les titres en couleur mettent en évidence la structure de cette présentation.

Introduction

[Accroche] Fin 2019 a commencé en Chine la pandémie de la Covid-19. **[Présentation du sujet]** Différentes prédictions ont alors été présentées au public quant au développement de l'épidémie. **[Formulation de la problématique]** Je me suis ainsi rendu compte que différents modèles mathématiques sont utilisés par les scientifiques pour étudier l'évolution du nombre de personnes d'une population. **[Annonce du plan]** Je considérerai ici deux modèles mathématiques discrets : le modèle de Malthus puis celui, plus élaboré, de Verhulst.

LE SECRET DE FABRICATION
Votre plan doit être simple. Commencez par le modèle de Malthus, signalez ses limites, avant d'aborder le modèle de Verhulst.

I. Le modèle de Malthus

■ D'après Thomas Malthus (1766-1834), l'accroissement annuel de la **population mondiale** est proportionnel à son effectif. Le coefficient de proportionnalité dépend des taux de mortalité et de fertilité.

À NOTER
On peut également utiliser ce modèle pour étudier l'évolution d'autres types de population, comme celle de bactéries dans un milieu donné.

■ Cela entraîne que, si on note H_n le nombre d'habitants au bout de n années, alors (H_n) est une suite géométrique de raison $\lambda > 1 + f - m$, où f (resp. m) est le taux de fertilité (resp. mortalité). Le modèle obtenu est alors exponentiel. Ainsi, comme attendu :

- si $f > m$ alors $\lambda > 1$ et la population croît ;
- si $f = m$ alors $\lambda = 1$ et la population stagne ;
- si $f < m$ alors $\lambda < 1$ et la population décroît.

■ On sait d'autre part qu'une suite géométrique de raison strictement comprise entre 0 et 1 admet pour limite 0, donc si $\lambda < 1$ (λ est positive), la population tend à s'éteindre. On sait également qu'une suite géométrique de raison strictement supérieure à 1 tend vers $+\infty$, donc si $\lambda > 1$, la population tend à devenir **infinie** !

CONSEIL
Cette limite s'obtient en utilisant l'inégalité de Bernoulli que vous pourrez énoncer si le jury vous le demande. Vous pouvez aussi vous appuyer sur un support écrit (voir ci-après).

[Transition] Cette évolution n'est évidemment pas raisonnable puisque la quantité de ressources disponibles sur Terre est limitée.

II. Le modèle de Verhulst

■ Pour tenir compte des limites environnementales, Pierre-François Verhulst (1804-1849) adopte le modèle logistique et postule que l'évolution d'une population d'une année sur l'autre est régie par la relation :

$$P(n+1) - P(n) = aP(n)\left(1 - \frac{P(n)}{K}\right),$$

où $P(n)$ est l'effectif de la population l'année n, le premier facteur $aP(n)$ tient compte de la croissance naturelle de la population et le second facteur $1 - \frac{P(n)}{K}$ de la capacité d'accueil maximale du milieu.

■ Selon ce modèle, une population de petite taille a tendance à croître pour atteindre un effectif limite K ; *a contrario*, une population de grande taille a tendance à décroître vers cette limite K. Le modèle logistique d'évolution d'une population se représente par une courbe en « S » appelée **sigmoïde**.

CONSEIL
Vous pourrez tracer cette sigmoïde lors du temps de préparation pour la présenter au jury. Vous pourrez également écrire l'équation logistique : $P(n+1) = \mu P(n)(1 - cP(n))$.

Conclusion

[Bilan] Comme tout modèle, on ne peut appliquer les modèles de Malthus et de Verhulst qu'à certaines situations : le modèle de Malthus est adapté à l'étude d'une population évoluant sans grande contrainte pendant un temps court ; celui de Verhulst s'applique à des populations dont les individus ont des caractéristiques identiques (taux de mortalité et de natalité homogènes...). Des modèles plus élaborés ont depuis vu le jour et l'utilisation de l'informatique permet de prendre en compte de plus en plus de paramètres.

Support écrit

Pour faciliter vos échanges avec le jury, vous pouvez rappeler par écrit les deux modèles qui sont au cœur de votre présentation. Vous pouvez également détailler la démonstration de l'inégalité de Bernoulli permettant d'étudier les limites d'une suite géométrique : cela pourra faire l'objet d'une question.

Modèle de Malthus

$$P(n+1) - P(n) = \lambda P(n)$$

Modèle de Verhulst

$$P(n+1) - P(n) = aP(n)\left(1 - \frac{P(n)}{K}\right)$$

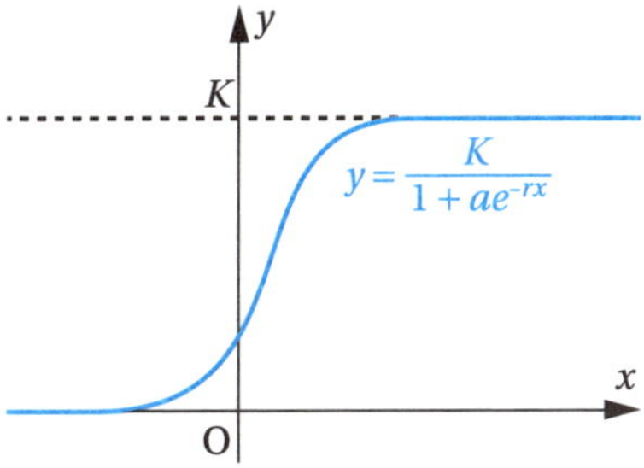

Limite d'une suite géométrique

- Inégalité de Bernoulli : pour tout réel $x > 0$ et pour tout entier naturel n : $(1+x)^n \geq 1 + nx$.
- *Démonstration* : $(1+x)^0 \geq 1 + x \times 0$ (vrai pour $n = 0$).

Si pour un entier naturel n : $(1+x)^n \geq 1 + nx$, alors :

$$(1+x)^n (1+x) \geq (1+nx)(1+x) \geq 1 + nx + x + nx^2 \geq 1 + (n+1)x$$

Soit $(1+x)^{n+1} \geq 1 + (n+1)x$ (la propriété est héréditaire).

On conclut par le principe de récurrence.

2. ÉCHANGE AVEC LE JURY (10 MIN)

Voici quelques-unes des questions que le jury pourrait poser en lien avec votre présentation, ainsi que les réponses possibles.

Que signifie que l'accroissement annuel de la population mondiale est proportionnel à son effectif ?

Cela signifie que si P est la population mondiale une année donnée, alors l'année suivante, l'augmentation ou la diminution de la population sera égale à $k \times P$ (k étant un réel). Si $k > 0$, la population augmente ; si $k < 0$, elle diminue. Ainsi plus la population est importante, plus sa variation l'est.

■ Comment étudier la limite d'une suite géométrique de raison $q > 1$?

On connaît l'inégalité de Bernoulli qui se démontre par récurrence : pour tout réel $x > 0$ et pour tout entier naturel n : $(1+x)^n \geq 1 + nx$.

Pour étudier la limite de la suite de terme général q^n, on pose $q = 1 + x$ ($x > 0$), on obtient $q^n \geq 1 + nx$ et on utilise un théorème de comparaison sur les limites.

■ Vous avez parlé de modèles discrets. Sauriez-vous décrire les modèles continus associés à ces deux modèles ?

Les modèles continus sont régis par des équations différentielles : pour celui de Malthus, $y' = \lambda y$; pour celui de Verhulst, $y' = a\left(1 - \frac{y}{K}\right)$. En effet, y' représente la limite du taux d'accroissement de l'effectif de la population y.

■ Vous avez dit que l'on pouvait utiliser le modèle de Malthus pour étudier d'autres populations que la population mondiale. Ce modèle est-il applicable à l'étude de l'évolution de la Covid-19 ?

Dans le cas d'une pandémie comme la Covid-19, la croissance du nombre de malades est exponentielle au début, ce qui correspond au modèle de Malthus. Lorsque les personnes susceptibles d'être infectées font défaut, la croissance du nombre de nouveaux cas ralentit puis s'arrête. Il faut alors se placer dans le cadre du modèle de Verhulst.

3. ÉCHANGE SUR LE PROJET D'ORIENTATION (5 MIN)

Le jour J, il vous faudra bien sûr développer la réponse.

Comment avez-vous choisi le sujet de votre exposé ? Quel est le lien avec votre projet d'orientation ?

■ J'ai choisi ce sujet car j'ai été troublé·e par les difficultés qu'ont eues les scientifiques à prévoir l'évolution de la pandémie de la Covid-19. Voulant travailler dans le domaine médical, je me suis demandé quelle aurait été ma conduite si j'avais été confronté·e dans mon métier à une telle maladie.

■ L'an prochain, je désire intégrer la faculté de médecine dans laquelle je souhaiterais pouvoir utiliser mes compétences mathématiques pour la compréhension de l'évolution de maladies graves comme le paludisme, et de la manière de les éradiquer.

SUJET 3 | PHYSIQUE CHIMIE

PRÉSENTATION ET ENTRETIEN

20 min

En quoi le développement de la médecine nucléaire est-il intimement lié à la compréhension de la radioactivité ?

Le but est de faire le lien entre les avancées scientifiques depuis la découverte de la radioactivité et les innovations technologiques en matière de diagnostic médical, de radiothérapie et de radioprotection.

1. PRÉSENTATION D'UNE QUESTION (5 MIN)

Les titres en couleur mettent en évidence la structure de la présentation.

Introduction

[Accroche] Tout commence à l'Académie des sciences le lundi 24 février 1896. Ce jour-là, Henri Becquerel présente sa découverte d'un rayonnement hyperphosphorescent issu de l'uranium. C'est ce sujet que Marie Curie choisit en 1897 pour sa thèse de doctorat. Elle montre les propriétés ionisantes de l'hyperphosphorescence, qu'elle renomme radioactivité. **[Présentation du sujet]** On connaît aujourd'hui ses applications médicales pour diagnostiquer des cancers et les soigner. En quoi le développement de la médecine nucléaire est-il intimement lié à la compréhension de la radioactivité et à sa modélisation ? **[Annonce du plan]** Pour répondre à cette question, je parlerai d'abord de la naissance de la médecine nucléaire en lien avec les progrès de la physique. Puis, à partir de l'exemple de la tomographie par émission de positons (TEP), j'expliquerai pourquoi la mise en œuvre de cette imagerie nécessite l'utilisation de fluor 18 et j'évoquerai la question de la mesure de la dose à injecter au patient.

LE SECRET DE FABRICATION

Ce sujet balaie tous les contenus du programme sur la radioactivité. Il impose de débuter par une présentation historique, en citant des exemples marquants. Puis on choisit de ne développer que la TEP et les propriétés ionisantes des rayonnements.

I. Quelques repères d'histoire des sciences

- Ce qui marque les prémices de la médecine nucléaire, c'est la découverte en 1934, par Irène et Frédéric Joliot-Curie, de la radioactivité artificielle. La production de radio-isotopes artificiels permet les premières applications cliniques. Ainsi l'iode 131, radioélément β^- de demi-vie 8 jours, est utilisé dès 1942 dans le traitement du cancer de la thyroïde.

■ Les années 1950-1960 voient la mise au point des premières scintigraphies. La médecine nucléaire naît officiellement au début des années 1970.

[Transition] La TEP est un bel exemple d'imagerie médicale par injection d'un produit radioactif, en général le fluor 18.

II. Principes de la TEP

Du ^{18}FDG, c'est-à-dire du glucose marqué par du fluor 18, est injecté par voie intraveineuse au patient. Le glucose est absorbé par les organes énergivores comme le cerveau et le cœur, mais surtout par les cellules cancéreuses qui ont besoin d'énergie pour se multiplier.

■ **Pourquoi choisit-on le fluor 18 ?**

Il y a trois raisons essentielles à cela.

1. Le fluor 18 est un émetteur β^+. C'est une condition indispensable pour une TEP car le positon émis lors de la désintégration s'annihile avec un électron des tissus du patient en produisant deux photons γ émis dans des directions opposées. Ces deux photons sont reçus par un système de capteurs disposés en anneau tout autour du patient. Cela permet de localiser précisément la tumeur cancéreuse et d'en obtenir une image en 3D.

> **CONSEIL**
> Joignez le geste à la parole pour montrer les directions d'émission des photons, puis l'anneau de capteurs.

2. La demi-vie du fluor 18 est d'environ 2 heures. Cela est assez court pour que le patient ne soit pas exposé aux radiations trop longtemps, et assez long pour la mise en œuvre de la tomographie, qui dure plusieurs heures.

3. Le noyau issu de la désintégration du fluor 18 est l'oxygène 18, qui est stable. Cela est fondamental pour ne pas accroître l'irradiation du patient.

■ **Comment savoir quelle dose injecter au patient ?**

Pour répondre, je vais utiliser la notion d'activité radioactive car c'est la grandeur qui doit être mesurée. Les médecins estiment qu'il faut injecter au patient une activité de 7 MBq par kilogramme de masse corporelle, environ deux heures avant le début de la TEP. Ainsi pour un patient de 70 kg, il faudra injecter une activité de 490 MBq. Le préparateur doit donc prélever la solution de ^{18}FDG et vérifier avec un compteur de radioactivité que l'activité de la solution contenue dans la seringue est conforme à la valeur attendue. Bien sûr, tout cela doit être réalisé en se protégeant au maximum des rayonnements ionisants.

Conclusion

[Bilan] Je conclurai mon exposé en pointant l'importance de la recherche fondamentale en physique. C'est grâce aux travaux sur la radioactivité, de la famille Curie en particulier, dès la fin du XIXe siècle et jusqu'à la Seconde Guerre mondiale, qu'est née la médecine nucléaire. Les techniques de diagnostic du cancer et de radiothérapie ont depuis prodigieusement progressé grâce aux modèles développés par les physiciennes et les physiciens. **[Ouverture]** Toutes ces avancées fondamentales et appliquées ont aussi permis d'améliorer la compréhension des dangers liés aux rayonnements ionisants.

2. ÉCHANGE AVEC LE JURY (10 min)

Voici quelques-unes des questions que le jury pourrait poser en lien avec votre présentation ainsi que des réponses possibles. N'oubliez pas qu'on peut vous interroger sur d'autres thèmes du programme.

■ Le neutron a été découvert en 1932, plusieurs années après l'électron et le proton. Comment expliquez-vous cette découverte tardive ?

L'électron et le proton sont des particules chargées : elles peuvent donc être accélérées et déviées par un champ électrique. C'est pourquoi elles peuvent être mises en évidence plus facilement que le neutron, une particule neutre.

> **CONSEIL**
> Ici, le jury veut vérifier que vous avez une connaissance précise de la structure de l'atome et de la déviation des particules chargées par un champ électrique.

■ Vous avez évoqué la demi-vie radioactive et l'activité radioactive. Comment se définissent ces deux grandeurs ? L'activité est-elle dépendante de la valeur de la demi-vie ?

La demi-vie radioactive $t_{1/2}$ est le temps nécessaire pour qu'un nombre N de noyaux radioactifs soit divisé par 2. L'activité A est le nombre de désintégrations par seconde ; elle est proportionnelle au nombre N. La relation entre A et N est : $A = \lambda N$. D'après la relation $t_{1/2} = \frac{\ln 2}{\lambda}$, la constante radioactive λ est inversement proportionnelle à la demi-vie. L'activité dépend donc de la valeur de la demi-vie. Plus la demi-vie est petite, plus l'activité est grande – autrement dit, plus le nombre de désintégrations par seconde est important.

■ Les différents types de radioactivité ont-ils tous la même origine ?

Il faut distinguer les radioactivités α, β^- et β^+, dont l'origine est la désintégration spontanée d'un noyau avec émission d'une particule chargée (noyau d'hélium, électron ou positon), et la radioactivité γ qui résulte de la désexcitation d'un noyau avec libération d'énergie sous forme d'un photon γ associé à un rayonnement électromagnétique de très haute fréquence.

3. ÉCHANGE SUR LE PROJET D'ORIENTATION (5 min)

Comment avez-vous choisi le sujet de votre exposé ? Celui-ci est-il en lien avec votre projet d'orientation ?

Je suis passionné·e par l'histoire de la physique. La radioactivité étudiée dans le programme d'enseignement scientifique de 1re et dans le programme de spécialité de physique-chimie de Tle m'a beaucoup intéressé·e. Comme j'envisage de devenir médecin, sans avoir une idée précise de la spécialité que je choisirai, ce sujet m'a semblé bien adapté à mes centres d'intérêt et à mon souhait de poursuite d'études.

> **À NOTER**
> Cette réponse n'est qu'un exemple et bien d'autres arguments auraient pu être avancés : intérêt pour la recherche scientifique, souhait de devenir manipulateur·trice en radiologie, oncologue ou ingénieur·e en physique nucléaire…

SUJET 4 | PHYSIQUE CHIMIE

PRÉSENTATION ET ENTRETIEN

20 min

Les composés odorants : comment les extraire de manière écoresponsable ?

L'industrie de la parfumerie utilise des procédés d'extraction reposant sur des techniques très anciennes. Aujourd'hui, ces procédés évoluent pour prendre en compte les principes de la chimie verte. Un tel sujet pourrait vous intéresser si vous souhaitez devenir technicien·ne, ingénieur·e ou chercheur·se dans l'industrie chimique.

1. PRÉSENTATION D'UNE QUESTION (5 MIN)

Les titres en couleur mettent en évidence la structure de cette présentation.

Introduction

[Accroche] Au temps de la Rome antique, les parfumeurs extrayaient des substances odorantes en faisant macérer des végétaux dans l'eau ou dans des huiles végétales. En vingt siècles, l'essor de la chimie a permis de comprendre ces procédés empiriques d'extraction, de les optimiser et de les compléter par d'autres méthodes. **[Présentation du sujet]** Aujourd'hui, les questions environnementales sont cruciales et les techniques de production des composés odorants ont évolué pour intégrer les principes de la chimie verte. **[Annonce du plan]** J'expliquerai les principes physico-chimiques sur lesquels reposent les techniques d'extraction des composés odorants naturels, puis je présenterai quelques exemples d'évolution écoresponsable de ces techniques.

LE SECRET DE FABRICATION

Les procédés utilisés par l'industrie de la parfumerie sont multiples ; le plan choisi permet de limiter les aspects descriptifs et de se centrer sur les explications scientifiques tout en mettant l'accent sur les questions environnementales.

I. Les principes des techniques d'extraction

■ Les huiles essentielles et les absolues sont les matières premières des parfumeurs, avec lesquelles ils composent les parfums. Comme les huiles essentielles, les absolues sont des extraits végétaux très concentrés issus de fleurs, de graines, de bois, ou encore de racines. C'est le mode d'extraction qui constitue la principale différence entre absolues et huiles essentielles.

■ Dans le cas des huiles essentielles, comme celles de romarin ou de lavande, deux propriétés – volatilité et lipophilie – permettent d'extraire les composés odorants en pratiquant une hydrodistillation ou un entraînement à la vapeur.

■ Les absolues, comme celle de jasmin, sont obtenues par une extraction à l'aide d'un solvant apolaire puisque les molécules odorantes sont lipophiles. Le solvant typiquement utilisé est l'hexane.

[Transition] Les techniques d'extraction de l'industrie de la parfumerie reposent certes sur des méthodes très anciennes mais, grâce aux recherches, des améliorations sont régulièrement apportées pour les optimiser.

II. De nouveaux procédés d'extraction écoresponsables

Afin de prendre en compte les **principes de la chimie verte**, de nouveaux processus d'extraction sont développés. En voici quatre exemples.

■ Pour **réduire la consommation énergétique et l'émission de CO_2** lors d'une hydrodistillation, le chauffage traditionnel peut être remplacé par le chauffage par micro-ondes (principe 6 de la chimie verte).

> **CONSEIL**
> Indiquez au jury que les 12 principes de la chimie verte figurent sur votre support écrit → P. 130.

■ Pour **proscrire les solvants dérivés du pétrole**, l'utilisation du dioxyde de carbone supercritique se généralise. Il a le même pouvoir d'extraction que les solvants apolaires sans être polluant (principe 5 de la chimie verte).

■ Pour **améliorer le rendement d'une extraction par solvant**, on l'associe à l'action d'ultrasons qui cassent les membranes lipidiques des végétaux et permettent au solvant de dissoudre plus rapidement le composé odorant d'intérêt (principe 2 de la chimie verte).

■ Pour **éliminer certains composés toxiques ou indésirables** (tel l'eugénol dans l'huile essentielle de rose) et améliorer ainsi la qualité olfactive d'une huile essentielle, une nouvelle technique écoresponsable est en cours de développement : la **biocatalyse** (principe 9 de la chimie verte).

> **CONSEIL**
> Le vocabulaire scientifique utilisé doit être précis et bien maîtrisé puisqu'il peut donner lieu à des questions de la part du jury.

Conclusion

[Bilan] Grâce aux progrès des sciences chimiques et notamment l'interprétation des propriétés macroscopiques à l'aide des modèles microscopiques, les principes sur lesquels reposent les procédés très anciens d'extraction des composés odorants sont bien compris. Les questions liées à la santé des personnes et à la protection de l'environnement sont aujourd'hui centrales et amènent les chimistes de la parfumerie à innover pour respecter les principes de la chimie verte. **[Ouverture]** Ces contraintes réglementaires, qui peuvent été perçues comme des obstacles au développement économique, constituent en réalité de remarquables défis que les chercheur·se·s et les ingénieur·e·s savent très souvent relever.

Support écrit

Quelques exemples de molécules (composés odorants et solvant d'extraction) et la liste des 12 principes de la chimie verte peuvent illustrer votre exposé et faciliter les échanges avec le jury.

- **Exemples de composés odorants**

Décanal

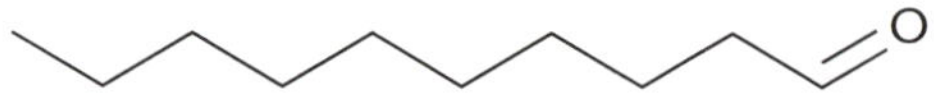

Lavandulol

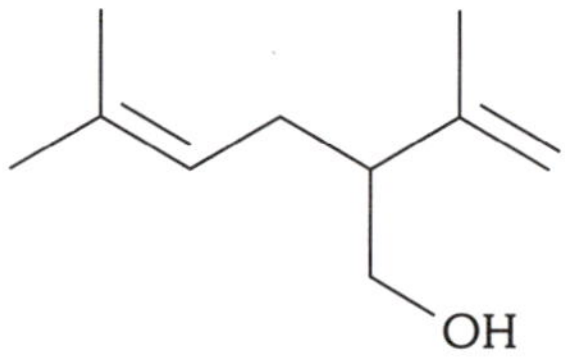

- **Exemple de solvant apolaire :**

Hexane

- **Les 12 principes de la chimie verte**

1. Prévenir les déchets

2. Économiser la matière première : l'économie d'atomes.

3. Concevoir des méthodes de synthèse moins dangereuses.

4. Concevoir des produits chimiques moins toxiques.

5. Utiliser des solvants non toxiques.

6. Économiser de l'énergie.

7. Utiliser des ressources renouvelables.

8. Réduire l'utilisation de molécules intermédiaires.

9. Préférer les procédés catalytiques aux procédés classiques.

10. Concevoir un produit chimique en vue de sa dégradation finale : produit biodégradable ou recyclable.

11. Analyser en temps réel les produits chimiques et leur empreinte dans l'environnement.

12. Développer une chimie fondamentalement plus sûre : prévenir les accidents.

2. ÉCHANGE AVEC LE JURY (10 MIN)

Voici quelques-unes des questions que le jury pourrait poser en lien avec votre présentation, ainsi que des pistes de réponses. N'oubliez pas qu'on peut vous interroger sur d'autres thèmes du programme.

Qu'est-ce qu'un composé volatil et comment les odeurs se diffusent-elles ?

Les composés odorants sont volatils car ils peuvent facilement passer à l'état gazeux (leur température d'ébullition est relativement faible). Leurs molécules peuvent donc se diffuser dans l'air ambiant sous l'effet de l'agitation thermique et des courants de convection.

Vous avez dit que les solvants d'extraction sont apolaires puisque les molécules odorantes sont lipophiles. Pouvez-vous nous l'expliquer en prenant un exemple ?

Sur le document que je vous ai remis, j'ai écrit la formule topologique de deux composés odorants : l'hexanal et le lavandulol. On constate que ces molécules comportent une longue chaîne carbonée, linéaire pour la première et ramifiée pour la seconde. Sachant que les éléments carbone et hydrogène ont des électronégativités très proches, ces chaînes carbonées sont donc apolaires, c'est-à-dire qu'elles ne portent pas de charges électriques. Pour extraire ces composés odorants, il faudra alors un solvant apolaire, comme l'hexane.

Cela étant dit, les molécules d'hexane et de lavandulol comportent tout de même une partie polaire puisqu'il y a présence d'un groupe carbonyle dans la première et hydroxyle dans la seconde. C'est pour cela que ces composés ne sont pas totalement insolubles dans l'eau, qui est un solvant polaire.

Pouvez-vous définir la biocatalyse ?

Une catalyse est un procédé utilisant une substance chimique, appelée catalyseur, pour accélérer une transformation chimique. Ce catalyseur intervient dans le processus réactionnel mais il n'est pas consommé. On parle de biocatalyse lorsque le catalyseur est d'origine biologique. La catalyse enzymatique en est un exemple. La biocatalyse permet en particulier de respecter le principe 9 de la chimie verte : « préférer les procédés catalytiques aux procédés classiques ».

3. ÉCHANGE SUR LE PROJET D'ORIENTATION (5 MIN)

Comment avez-vous choisi le sujet de votre exposé ? Celui-ci est-il en lien avec votre projet d'orientation ?

J'ai toujours aimé la chimie, les SVT et la pratique expérimentale dans ces deux disciplines. J'ai l'intention de devenir ingénieur·e chimiste soit en intégrant une CPGE, soit en passant par l'université. Je suis aussi très conscient·e de l'image négative de la chimie dans notre société. J'ai donc voulu comprendre comment les questions de développement durable sont prises en compte dans ces techniques de la parfumerie, qui touchent aussi à des questions de biologie végétale.

SUJET 5 | SVT

PRÉSENTATION ET ENTRETIEN

20 min

Les sociétés humaines sont-elles dépendantes du climat ? L'exemple de l'Égypte

L'étude de la dépendance des sociétés humaines aux variations climatiques, à travers l'exemple de l'Égypte, peut vous intéresser si vous êtes passionné·e d'histoire, de géographie ou d'archéologie.

1. PRÉSENTATION D'UNE QUESTION (5 MIN)

Les titres en couleur mettent en évidence la structure de la présentation.

Introduction

[Accroche] Actuellement, nous sommes très préoccupés par le réchauffement climatique et nous nous demandons si nos sociétés pourront s'adapter à un tel bouleversement. **[Présentation du sujet]** Pourtant, depuis l'apparition de l'homme moderne, le climat mondial a déjà été modifié de nombreuses fois : des phases glaciaires ont succédé à des phases plus chaudes, telle l'époque actuelle, et les sociétés humaines se sont toujours adaptées à ces changements. **[Formulation de la problématique]** Passionné·e d'archéologie, j'ai voulu étudier comment le climat a pu contribuer à modeler la civilisation égyptienne antique, et comment, de nos jours encore, l'Égypte, située aux portes du Sahara, reste un pays particulièrement sensible aux variations climatiques. **[Annonce du plan]** J'expliquerai d'abord comment le climat a pu influencer l'installation des humains en Égypte, puis j'évoquerai les conséquences du réchauffement climatique actuel sur cette région.

LE SECRET DE FABRICATION

En cinq minutes, vous n'aurez pas le temps de présenter plus de deux grandes parties. Le plan proposé est le plus simple et a aussi l'avantage de reprendre le découpage du programme : climats anciens puis réchauffement climatique.

I. S'installer au bord du Nil il y a 10 000 ans

- La Ire dynastie de pharaons s'installe vers 3 100 av. J.-C. à Thinis, en Moyenne Égypte, mais les traits de cette civilisation sont plus anciens et déjà visibles chez les populations d'agriculteurs installés vers 5 000 av. J.-C.

■ Cette période fait suite à une longue désertification du Sahara. En effet, vers 15 000 à 9 000 av. J.-C., le Sahara était recouvert de savanes et occupé par des populations de chasseurs-cueilleurs, alors que le Nil était un vaste marécage insalubre. La sortie progressive de la dernière phase glaciaire du Würm (vers 10 000 av. J.-C.) s'est traduite par une lente désertification du Sahara, qui a entraîné la migration des hommes (entre 9 000 et 5 000 av. J.-C.) vers les rives du Nil, plus accueillantes. Ces sociétés y ont développé l'agriculture, forgeant ce qui allait devenir l'Égypte pharaonique. Le développement de cette civilisation serait donc directement lié aux variations climatiques ayant affecté l'Afrique du Nord.

À NOTER
Développer une idée signifie ici mettre en évidence une relation de cause à effet : la désertification du Sahara a entraîné la migration vers le Nil.

[Transition] Si le réchauffement climatique de l'Holocène a facilité l'installation de populations humaines en Égypte, le réchauffement actuel est problématique pour la société égyptienne moderne.

CONSEIL
À l'oral, les parties doivent s'enchaîner de façon logique et fluide. Une transition est donc indispensable : elle fait le bilan de la première partie et introduit la seconde.

II. S'adapter au réchauffement actuel en Égypte

■ Du fait de la désertification du Sahara, la population égyptienne actuelle est concentrée dans une étroite bande sur les bords du Nil. L'extension urbaine couplée à la désertification réduit l'espace dédié aux cultures.

■ Si des projets existent pour irriguer le désert, ils risquent de réduire la ressource en eau. L'Égypte dépend exclusivement du Nil pour ses ressources en eau. Or le Nil bleu a sa source en Éthiopie et traverse plusieurs pays avant d'arriver en Égypte, et ces pays souhaitent en profiter pour installer des barrages et des systèmes d'irrigation réduisant d'autant les apports en eau en Égypte. Cette dernière contrôle aussi le barrage d'Assouan, qui a considérablement réduit les apports sédimentaires indispensables à la fertilisation des terres cultivables, et pourrait à moyen terme entraîner une régression du delta.

Conclusion

[Bilan] Selon les époques, les variations climatiques ont pesé de façon favorable ou défavorable sur la civilisation égyptienne. **[Ouverture]** Aujourd'hui, le réchauffement climatique pèse lourdement sur l'Égypte : hausse du niveau de la mer et inondation dans le delta, sécheresses récurrentes, développement de parasites, etc.

LE SECRET DE FABRICATION
D'autres ouvertures sont possibles, suivant les sensibilités de chacun·e : insister sur les problèmes économiques du pays ou sur la géopolitique régionale, sur le fait que chaque aménagement proposé peut avoir des avantages et des inconvénients, etc.

2. ÉCHANGE AVEC LE JURY (10 min)

Voici quelques-unes des questions que le jury pourrait poser en lien avec votre présentation, ainsi que les réponses possibles. N'oubliez pas qu'on peut vous interroger sur d'autres thèmes du programme.

À quoi est dû le réchauffement climatique actuel ?

Le CO_2 est un gaz à effet de serre, car il absorbe les infrarouges émis par la Terre. Or, depuis les années 1850 environ, les activités humaines ont conduit à une augmentation de la concentration du CO_2 dans l'atmosphère, donc à une aggravation de l'effet de serre, d'où la hausse des températures.

> **CONSEIL**
> Les questions du jury sont destinées à vérifier vos connaissances et vos capacités d'argumentation. Il faut donc y répondre par une argumentation solide, en incluant au besoin des observations expérimentales.

En quoi le réchauffement climatique est-il responsable des inondations dans le delta du Nil ?

Le réchauffement climatique entraîne la fonte des glaciers continentaux, et une hausse du niveau de la mer. Conjugué à la dilatation thermique des océans, ce phénomène peut expliquer les inondations dans le delta. Cependant, le réchauffement climatique n'est pas seul responsable : les barrages réduisent également les apports sédimentaires indispensables au maintien de la ligne côtière dans le delta du Nil.

Comment explique-t-on le passage du Würm à l'Holocène ?

Au Quaternaire, le climat a alterné entre phases glaciaires et phases interglaciaires. Les chercheurs ont montré que ces alternances coïncidaient avec des variations des paramètres astronomiques : ainsi, des changements dans l'excentricité ou l'obliquité de l'orbite terrestre, ou la précession des équinoxes, expliquent la déglaciation entre le Würm et l'Holocène.

3. ÉCHANGE SUR LE PROJET D'ORIENTATION (5 min)

Comment avez-vous choisi le sujet de votre exposé ? Celui-ci est-il en lien avec votre projet d'orientation ?

• J'ai choisi ce sujet car je désire travailler à l'interface entre les sciences expérimentales et l'histoire. Petit·e, je voulais être archéologue, mais mon projet a depuis évolué vers les SVT, et j'ai été particulièrement intéressé·e par tous les chapitres couplant les deux matières : géologie, histoire du génome humain, développement de l'agriculture, etc.

> **À NOTER**
> Ce sujet peut être mis en lien avec d'autres projets d'études : en sciences politiques, en histoire, en ingénierie, en géologie, etc.

• L'an prochain, je me destine aux classes préparatoires BCPST, avec pour objectif d'intégrer une école me permettant d'être chercheur·se...

SUJET 6 | SVT

PRÉSENTATION ET ENTRETIEN

20 min

Quelles sont les conséquences de l'utilisation de la nicotine sur l'organisme humain ?

L'utilisation de substances exogènes (comme la nicotine) peut modifier gravement le fonctionnement de l'organisme. Cependant, utilisées à bon escient, ces modifications peuvent avoir des applications thérapeutiques. Un sujet sur ce thème pourrait vous intéresser si vous souhaitez vous orienter vers une filière médicale ou paramédicale.

1. PRÉSENTATION D'UNE QUESTION (5 MIN)

Les titres en couleur mettent en évidence la structure de cette présentation.

Introduction

[Accroche] En 2018, 15 millions de Français·es consommaient régulièrement du tabac. **[Présentation du sujet]** La nicotine, molécule active du tabac, est ainsi l'une des substances exogènes les plus consommées en France. Pourtant, c'est une des molécules les plus addictives : 3,4 millions de Français·es sont traités pour addiction en 2018. **[Formulation de la problématique]** Je me suis intéressé·e aux modes d'influence de la nicotine sur le fonctionnement de l'organisme. **[Annonce du plan]** Je montrerai d'abord comment la nicotine peut perturber le système neuromusculaire, puis comment cette molécule et ses dérivés pourraient être utilisés à d'autres fins.

LE SECRET DE FABRICATION

Le plan proposé est très simple – d'abord les inconvénients puis les avantages – mais d'autres plans sont possibles : par exemple, une partie sur les conséquences au niveau du muscle et une autre sur le cerveau.

I. Les conséquences de la prise de nicotine sur l'organisme

- La nicotine représente entre 0,6 et 3 % du poids sec du tabac. Elle est aussi présente à des doses beaucoup plus faibles dans d'autres plantes comestibles de la même famille (pommes de terre, tomates, aubergines).

- Après inhalation, la nicotine traverse la barrière pulmonaire et est alors véhiculée par le sang. Elle traverse aussi la barrière hémato-encéphalique en moins de 20 secondes, en court-circuitant le système porte hépatique retraitant habituellement les molécules ingérées.
- La nicotine se fixe à de multiples récepteurs de l'acétylcholine, situés sur la membrane de nombreuses cellules différentes, notamment les cellules musculaires et les neurones. Elle joue alors le même rôle que l'acétylcholine, se fixant sur le récepteur avec une meilleure affinité.
- Cette fixation permet le passage d'ions (à l'origine des messages nerveux ou de la contraction musculaire), d'où l'amélioration de la cognition, des performances musculaires ou de la mémorisation, observée dans de nombreuses études. Sur d'autres récepteurs, cette fixation facilite *in fine* la sécrétion de plusieurs neurotransmetteurs, notamment la dopamine.
- Ce dernier effet serait à l'origine de l'euphorie ressentie par le fumeur, la dopamine étant le principal neurotransmetteur du système de récompense. Le fumeur aura ainsi tendance à consommer de plus en plus pour retrouver cet état d'euphorie, ce qui est à l'origine de **l'addiction**.

CONSEIL
Le phénomène d'addiction est trop complexe pour être décrit en cinq minutes. Gardez des précisions pour répondre aux questions du jury. Vous pourrez vous appuyer sur un schéma réalisé lors du temps de préparation (voir ci-après).

[Transition] Si ces effets justifient le classement de la nicotine comme poison, ils peuvent également être profitables dans d'autres situations.

II. Utiliser la nicotine dans d'autres contextes

- En médecine, la nicotine et ses substituts sont principalement utilisés dans le sevrage tabagique. Administrer la substance active à des doses contrôlées et décroissantes dans le temps, sans les autres molécules toxiques que peut contenir la cigarette, augmente le succès des protocoles de sevrage.
- La nicotine pourrait être intéressante dans le traitement des dépressions, mais aussi de certaines maladies neurodégénératives. Des études montrent ainsi un effet protecteur du tabagisme vis-à-vis de la maladie de Parkinson.
- Enfin, du fait de ses effets neurotoxiques, la nicotine a été utilisée comme insecticide dès la fin du XVIIe siècle, avant d'être interdite en 2009 dans l'UE. Actuellement, des dérivés de la nicotine, les néonicotinoïdes, sont toujours largement utilisés comme pesticides, malgré leur toxicité.

Conclusion

[Bilan] Ainsi, la nicotine perturbe durablement le système neuromusculaire, mais ses effets peuvent aussi être utilisés à des fins thérapeutiques. **[Ouverture]** D'autres drogues présentent la même ambivalence : les opiacés, à l'origine des drogues dures telle l'héroïne, sont ainsi des antalgiques puissants.

Support écrit

Voici deux exemples de schémas pouvant être dessinés pendant le temps de préparation, et destinés faciliter vos échanges avec le jury. Ils peuvent servir pendant l'exposé, mais aussi pour répondre aux questions.

Le cercle vicieux de l'addiction (ou dépendance)

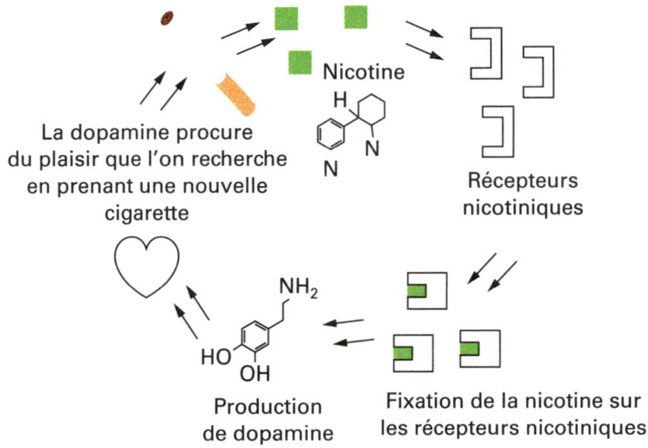

Action de la nicotine sur les neurones à dopamine

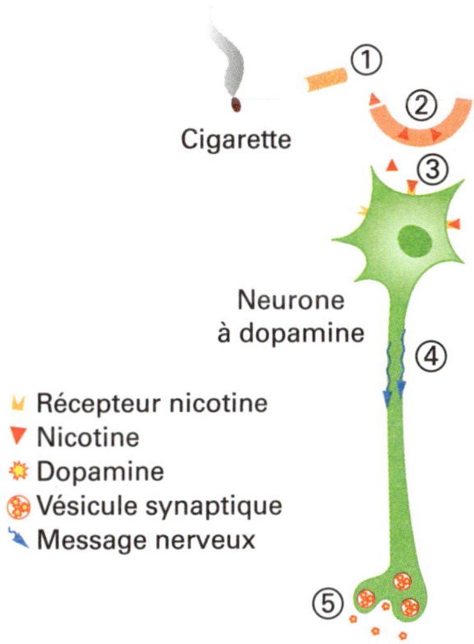

1. Tabagisme.
2. Transport de la nicotine par le sang, jusqu'au cerveau.
3. Fixation de la nicotine sur les récepteurs de l'acétylcholine.
4. Transport d'un message nerveux le long de l'axone.
5. Exocytose accrue de dopamine, à l'origine de l'euphorie.

2. ÉCHANGE AVEC LE JURY (10 MIN)

Voici quelques-unes des questions que le jury pourrait poser en lien avec votre présentation, ainsi que les réponses possibles. N'oubliez pas qu'on peut vous interroger sur d'autres thèmes du programme.

- **En quoi la nicotine serait-elle plus efficace que l'acétylcholine ?**

La fixation de l'acétylcholine entraîne une modification de la conformation du récepteur, qui se caractérise par un rapprochement de deux acides aminés. La distance entre ces deux acides aminés, mesurée sur un logiciel de modélisation moléculaire, est plus faible en cas de fixation à la nicotine qu'après fixation à l'acétylcholine : la nicotine est donc plus efficace.

- **Comment montrer que la nicotine facilite la sécrétion de dopamine ?**

La dopamine est principalement sécrétée dans le système de récompense, comprenant notamment le noyau accumbens. On peut mesurer *in vivo* les concentrations de dopamine dans cet organe en utilisant un organisme modèle, tel le rat, auquel on administre différentes substances. On montre que la concentration de dopamine est significativement plus importante en cas d'injection de dopamine par rapport à un témoin auquel on n'a rien injecté, ou seulement du liquide physiologique.

- **Le tabagisme augmente également le risque de complication du diabète. Pouvez-vous nous résumer ce qu'est cette maladie ?**

Le diabète est dû à une mauvaise régulation de la glycémie, liée à des difficultés de sécrétion (diabète de type I) ou d'action (diabète de type II) de l'insuline. Cette hormone est normalement sécrétée par le pancréas et facilite le stockage du glucose dans le foie, les muscles ou le tissu adipeux.

3. ÉCHANGE SUR LE PROJET D'ORIENTATION (5 MIN)

Le jour J, il vous faudra bien sûr développer la réponse.

Comment avez-vous choisi le sujet de votre exposé ? Celui-ci est-il en lien avec votre projet d'orientation ?

- J'ai choisi ce sujet car j'ai des proches fumeurs désirant s'arrêter. Je voulais savoir comment le tabac pouvait agir sur l'organisme, et si la nicotine pouvait servir à autre chose qu'à rendre dépendant. De plus, je voudrais travailler dans le domaine médical ou paramédical.

- L'an prochain, je désire intégrer la faculté de médecine avec une mineure STAPS. En effet, je suis sportif·ve et mon sujet est aussi lié au sport, puisque la nicotine améliore les performances musculaires et n'est cependant pas classée dans les produits dopants...

SUJET 7 | SES

PRÉSENTATION ET ENTRETIEN

20 min

La croissance économique est-elle compatible avec l'environnement ?

Nos sociétés contemporaines ont tendance à considérer que la croissance pourrait, grâce à l'innovation en particulier, sauver l'environnement. Cependant, les faits semblent prouver le contraire.

1. PRÉSENTATION D'UNE QUESTION (5 MIN)

Les titres en couleur mettent en évidence la structure de la présentation.

Introduction

[Accroche] Début 2020, avec la crise du Covid-19, la production chinoise est au plus bas depuis 30 ans. Mais c'est aussi la pollution de l'air qui a diminué et les bancs de poissons qui sont revenus dans les canaux de Venise ; en somme, c'est une amélioration globale de l'environnement qui a été constatée. **[Présentation du sujet]** L'environnement ? C'est notre planète tout entière, les ressources renouvelables, comme ces poissons vénitiens, et non renouvelables, comme le pétrole. Comment la croissance économique – c'est-à-dire l'augmentation soutenue du PIB –, pourrait-elle le préserver ? Par l'innovation ? Ou serions-nous fous de penser que la croissance est infinie ? **[Formulation de la problématique]** J'ai donc cherché à savoir si l'augmentation du PIB était compatible avec la préservation des ressources naturelles. **[Annonce du plan]** Dans un premier temps, je montrerai que certains économistes considèrent que la croissance préserve l'environnement, puis je discuterai ce lien pour enfin essayer de comprendre la politique climatique actuelle.

LE SECRET DE FABRICATION
Prouvez que vous avez une vision globale du programme de SES en « piochant » dans plusieurs chapitres. Les deux premières parties nourrissent une opposition théorique et la troisième une application pratique.

I. La croissance économique préserve l'environnement

- Les théoriciens de la soutenabilité faible supposent que le capital naturel peut être substitué aux autres capitaux (technologique, physique, humain). Ainsi, le manque de pétrole sera compensé par le travail d'ingénieurs (capital humain) inventant les éoliennes (capital technologique) produites en grand nombre (capital physique).

■ L'innovation les rend optimistes ! Pour la financer, la développer, il faut aussi de la croissance économique. La croissance durable, voire une révolution verte, serait donc possible. De ce point de vue, la croissance économique n'est donc pas le problème mais la solution.

> **CONSEIL**
> À l'oral, comme à l'écrit, respectez la logique **A-E-I**. D'abord, **A**ffirmez une idée, puis **E**xpliquez (théories, mécanismes, auteurs...) et enfin **I**llustrez, en utilisant l'actualité si possible.

[Transition] L'innovation a bien bouleversé nos modes de production et parfois remplacé la nature, mais il faut admettre que la planète se porte mal et que son état s'améliore quand la croissance économique ralentit.

II. La croissance économique nuit à l'environnement

■ Les économistes de la soutenabilité forte s'opposent aux tenants de la soutenabilité faible. D'après eux, le capital naturel n'est pas substituable. Comment remplacer les grands glaciers qui assurent l'équilibre des températures ? Par un réfrigérateur immense ? Et la forêt amazonienne ?

■ La croissance économique produit systématiquement des externalités négatives, tout comme les innovations. Que penser de la voiture électrique, si polluante à produire et à recycler en raison des métaux rares que nécessite sa batterie ?

[Transition] Les gouvernements sont conscients de la dégradation de l'environnement. Mais font-ils assez ? Grâce aux sommets internationaux, aux initiatives nationales ou locales, des instruments climatiques existent.

> **CONSEIL**
> Enchaînez les idées de manière logique et fluide pour ne pas « perdre en route » votre auditoire.

III. L'exemple de la politique climatique

■ L'environnement est un bien commun. Chacun d'entre nous peut le dégrader, mais nous en sommes tous dépendants, et son utilisation n'est pas illimitée.

■ Des réglementations nationales et internationales interdisent l'utilisation de gaz CFC nocifs à la couche d'ozone. Un marché européen des quotas d'émission de carbone a été créé en Europe. Enfin, presque tous les pays subventionnent l'achat des innovations écologiques.

■ Ces instruments de la politique climatique sont un moyen pour nos économies de continuer à consommer et produire, autrement dit un moyen de soutenir leur croissance économique, tout en limitant les externalités négatives qui affectent l'environnement. Malgré tout, le réchauffement climatique perdure...

Conclusion

[Bilan] En somme, la théorie de la soutenabilité faible mise pleinement sur l'innovation, alors que celle de la soutenabilité forte s'inscrit dans une diminution volontaire de la croissance économique, et l'exemple du climat semble donner raison à cette dernière. **[Ouverture]** La dégradation de l'environnement ne présage-t-elle pas de nouvelles formes d'inégalités ?

2. ÉCHANGE AVEC LE JURY (10 min)

Voici quelques-unes des questions que le jury pourrait poser en lien avec votre présentation ainsi que des réponses possibles. N'oubliez pas qu'on peut vous interroger sur d'autres thèmes du programme.

Si la croissance n'est pas une solution, quels changements économiques faut-il envisager ?

L'inverse de la croissance économique, c'est la décroissance : une diminution volontaire et organisée du PIB. Cela nécessite la production de biens durables, facilement réparables et surtout moins de consommation et moins d'importations.

> **CONSEIL**
> Le jury vous demande en priorité d'approfondir les points abordés dans votre présentation.
> Essayez d'anticiper les questions possibles pour mieux préparer vos réponses.

Pourriez-vous citer des exemples concrets de taxation en France ?

L'exemple le plus important de taxation porte sur l'achat de voitures neuves. Si vous achetez une voiture électrique productrice d'externalités positives, alors vous toucherez une subvention ; à l'inverse, vous payerez une taxe si votre véhicule est responsable d'externalités négatives.

En proposant une définition de la notion d'inégalité, pourriez-vous préciser le sens de la question posée en ouverture de votre conclusion ?

Une inégalité est une différence qui crée des hiérarchies dans l'accès aux ressources valorisées. Avec la dégradation de l'environnement, les ressources valorisées seront les ressources rares, comme l'eau, à laquelle tout le monde ne pourra pas accéder de la même manière.

3. ÉCHANGE SUR LE PROJET D'ORIENTATION (5 min)

Comment avez-vous choisi le sujet de votre exposé ? Celui-ci est-il en lien avec votre projet d'orientation ?

- C'est l'actualité qui a motivé mon choix. La crise du Covid-19 est impressionnante, mais ses conséquences sur l'environnement, importantes et rapides, m'ont vraiment marqué·e, d'autant plus que les effets ont été visibles autour de moi.
- Professionnellement, j'ai l'ambition de faire carrière dans l'environnement. Ce serait l'occasion d'allier une passion et une implication citoyenne. J'envisage une licence puis un master dans une filière économique pour travailler, par exemple, dans la promotion des énergies vertes.

> **À NOTER**
> Les choix de métiers sont évidemment multiples, mais préférez un métier en lien direct avec les exemples mobilisés dans votre oral et renseignez-vous précisément sur les réalités de ce métier (formation, salaire…).

SUJET 8 | SES

PRÉSENTATION ET ENTRETIEN

20 min

Comment lutte-t-on contre le chômage en France en 2020 ?

L'économie française fait face depuis des décennies à un chômage important, aux formes diverses. Les politiques économiques ont-elles su s'adapter pour lutter efficacement contre ce fléau ? Un sujet sur ce thème pourrait vous intéresser si vous suivez l'actualité et si vous vous orientez vers des études économiques.

1. PRÉSENTATION D'UNE QUESTION (5 MIN)

Les titres en couleur mettent en évidence la structure de cette présentation.

Introduction

[Accroche] En 1980, le nombre de chômeurs dépassait pour la première fois la barre du million. Fin 2020, après la crise de la Covid-19, ce nombre a été multiplié par 4. **[Présentation du sujet]** Un chômeur, c'est une personne sans emploi qui en recherche activement un. Malgré la simplicité apparente de cette définition, il existe différentes formes et causes de chômage. Le chômage structurel s'explique par l'existence de rigidités durables sur le marché du travail alors que le chômage conjoncturel est au contraire lié à un contexte économique insatisfaisant. **[Formulation de la problématique]** J'ai voulu étudier la question de la lutte contre ces deux types de chômage, en France, en 2020. **[Annonce du plan]** Dans un premier temps, je montrerai que la France lutte contre un chômage conjoncturel dans un contexte de pandémie qui a provoqué l'effondrement de la demande globale. Dans un deuxième temps, je soutiendrai que la lutte contre le chômage structurel n'a pas été abandonnée.

LE SECRET DE FABRICATION

Montrez que vous êtes capable d'utiliser l'actualité pour la relier à votre cours et aux grandes polémiques économiques. Les exemples enrichissent votre argumentation et la rendent vivante.

I. La lutte contre le chômage conjoncturel

- Le chômage conjoncturel s'explique par une insuffisance de la demande globale, c'est-à-dire une consommation, un investissement ou des dépenses publiques trop faibles.

■ Le constat est sans appel. Presque 7 millions de salarié·e·s se sont retrouvés en activité partielle dès le premier mois de l'épidémie. La consommation a diminué d'un tiers, et la baisse de 15 % du PIB est la plus forte de notre histoire.

■ Les **solutions mobilisées** par le gouvernement en place sont classiques mais d'une ampleur inédite. Tout d'abord, la mise en place d'un chômage partiel ainsi que le renforcement de la plupart des revenus de transfert : le montant des allocations chômage est maintenu, les pertes de revenus salaires sont compensées par l'État. Des aides exceptionnelles aux indépendant·e·s de l'ordre de 1 500 euros ont été attribuées et l'embauche d'un·e salarié·e de moins de 24 ans fait l'objet d'une prime de 4 000 euros.

> **CONSEIL**
> Pour ce sujet d'actualité, vous devez mobiliser quelques données chiffrées et les tenir à jour jusqu'à la dernière minute.

■ L'objectif de cette politique conjoncturelle est d'augmenter les composantes de la demande globale (la consommation, l'investissement public et privé, etc.). De cette façon, les entreprises anticipent cette hausse et continuent à investir et à embaucher, en espérant maximiser leurs profits.

[Transition] La lutte contre le chômage conjoncturel passe par le soutien de la demande globale, mais le gouvernement a aussi mené une politique économique apte à lutter contre le chômage structurel.

II. La lutte contre le chômage structurel

■ Le chômage structurel est dû à des facteurs économiques durables, comme un coût du travail trop élevé, le manque de formation, etc., et non à la conjoncture économique.

■ La France a donc agi sur ces leviers : d'abord en prenant en charge une partie des salaires, ce qui a allégé le coût du travail pour les entreprises et leur a permis de ne pas licencier des salarié·e·s devenus moins productifs.

■ En juin 2020, un plan de relance a été mis en place avec des baisses durables de cotisations sociales et une relocalisation des entreprises grâce à une diminution des impôts sur la production.

■ L'objectif est de modifier ou supprimer certaines rigidités du marché du travail (salaire minimum, prélèvements obligatoires...) pour diminuer le chômage, conformément à la théorie néoclassique.

Conclusion

[Bilan] En somme, deux types de politiques économiques complémentaires permettent de lutter contre le chômage. Si elles sont opposées par leurs moyens, elles poursuivent les mêmes objectifs économiques. **[Ouverture]** Mais ne risquent-elles pas d'avoir des répercussions sur l'endettement des États, qui finiraient par pénaliser la création de nouveaux emplois ?

> **CONSEIL**
> L'ouverture est une question sur laquelle le jury peut vous demander plus de précisions. Préparez toujours votre réponse en amont !

Support écrit

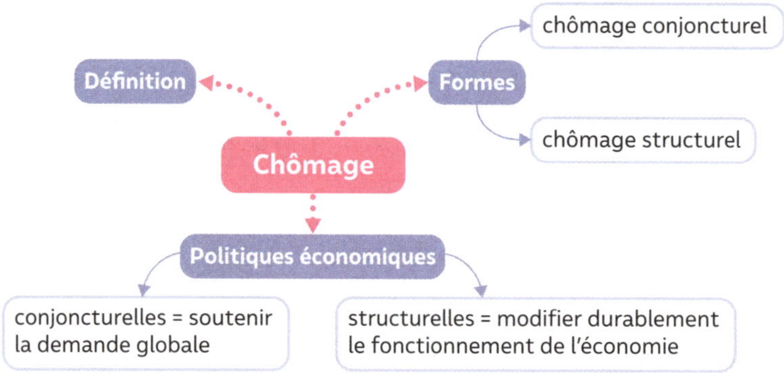

2. ÉCHANGE AVEC LE JURY (10 MIN)

Voici quelques-unes des questions que le jury pourrait poser en lien avec votre présentation ainsi que des réponses possibles. N'oubliez pas qu'on peut vous interroger sur d'autres thèmes du programme.

Pourriez-vous citer les deux mesures officielles du chômage ? Comment s'effectue le calcul du taux de chômage ?

Il existe deux mesures officielles du chômage. La première est assurée par l'INSEE, qui a adapté au cas français la définition du Bureau international du travail (BIT). La seconde mesure est celle de Pôle emploi, qui comptabilise les demandeur·se·s d'emploi en fin de mois (DEFM).

Le taux de chômage quant à lui s'obtient en divisant la population active inoccupée par la population active, le tout multiplié par cent.

> **CONSEIL**
> Les questions du jury sont prévisibles car elles portent nécessairement sur votre cours. À vous de les anticiper pour préparer vos réponses !

Quels sont les effets à long terme du confinement sur l'organisation du travail ?

Dans notre cours, nous avons analysé différentes formes d'organisation du travail comme le fordisme ou le toyotisme. Grâce aux nouvelles technologies, les entreprises ont constaté que le travail à distance était possible et même efficace. Il est possible que l'entreprise entièrement ou partiellement virtuelle se généralise, bouleversant ainsi en profondeur l'organisation du travail.

Par rapport à votre programme, expliquez quels problèmes pose l'absence de travail pour l'intégration sociale.

Le travail n'est pas seulement une ressource financière, c'est aussi une instance d'intégration. Il permet d'avoir une identité, de se socialiser en apprenant de nouvelles valeurs comme le travail d'équipe, de rencontrer d'autres personnes et donc de développer sa sociabilité.

3. ÉCHANGE SUR LE PROJET D'ORIENTATION (5 MIN)

Quels liens faites-vous entre votre sujet et votre choix d'orientation ?

- Le choix de ce sujet s'est imposé comme une évidence. Je suis passionné·e par l'actualité et l'économie, et la crise du Covid m'a donné la possibilité d'articuler ces deux passions, puisque quasiment tous les leviers économiques ont été utilisés dans cette situation exceptionnelle.
- Pour approfondir mes connaissances sur ces deux sujets, j'ai décidé dans un premier temps de m'inscrire dans une université d'économie et je compte intégrer par la suite une école de journalisme. L'idéal serait de devenir journaliste économique dans la presse écrite ou enseignant·e à l'université.

À NOTER
Ne confondez pas les filières que vous avez choisies pour l'an prochain et les idées de métiers, que vous avez encore le temps d'affiner. Pour cette raison, n'hésitez pas à proposer plusieurs débouchés possibles.

SUJET 9 | HGGSP

PRÉSENTATION ET ENTRETIEN

20 min

Quels sont les enjeux du conflit entre l'Ukraine et la Russie ?

L'étude du cas russo-ukrainien présente deux avantages : mettre en lumière une guerre relativement peu médiatisée et souligner les multiples dimensions, en termes d'échelles notamment, d'un conflit contemporain.

1. PRÉSENTATION D'UNE QUESTION (5 min)

Les titres en couleur mettent en évidence la structure de la présentation.

Introduction

[Accroche] On considère souvent le continent européen comme un « espace de paix ». Or, il est encore le théâtre de conflits armés. **[Présentation du sujet]** Ainsi, le conflit du Donbass, région ukrainienne limitrophe de la Russie, oppose des séparatistes pro-russes à l'armée ukrainienne. Depuis 2014, il a fait 13 000 morts. Ce conflit demeure pourtant peu médiatisé. **[Formulation de la problématique]** Passionné·e d'histoire contemporaine et de géopolitique, je me propose d'étudier les enjeux du conflit russo-ukrainien. **[Annonce du plan]** Pour ce faire, je prendrai d'abord en compte l'échelle nationale, puis l'échelle européenne.

I. Survivre face au puissant voisin russe

■ Ancienne République de l'Union soviétique, l'Ukraine est un **État indépendant depuis 1991**. Cependant, Moscou entend conserver son influence sur ce pays qui cumule de **nombreuses fragilités** : faible PIB par habitant, corruption des dirigeants, dépendance énergétique vis-à-vis de la Russie, présence d'une forte minorité russophone dans la partie orientale.

À NOTER
Lors de la révolution orange, des manifestations monstres obligent le président prorusse Viktor Ianoukovytch à renoncer à sa victoire entachée de fraudes.

■ Les prétentions russes ont été remises en cause en 2004 par la « **révolution orange** », puis en 2014 lors des manifestations du « **mouvement Maïdan** » qui ont abouti à la mise en place d'un gouvernement hostile à Moscou.

■ **La Russie ne reconnaît pas les nouvelles autorités ukrainiennes**, considérant qu'elles sont le fruit d'un coup d'État. En représailles, dès 2014, Moscou annexe la **Crimée** et soutient des mouvements indépendantistes dans le **Donbass** russophone : des combats meurtriers entre l'armée ukrainienne et des milices séparatistes débutent alors.

■ L'enjeu pour l'Ukraine est de **conserver son intégrité territoriale** face à son puissant voisin. Cependant, le conflit du Donbass renforce le sentiment national hostile à la Russie et les divisions internes.

[Transition] Toutefois, si l'enjeu national du conflit est indéniable, ce dernier est également à replacer à l'échelle européenne.

CONSEIL
À l'oral, une transition de ce type donne de la fluidité et de la cohérence à votre propos : de façon brève, vous montrez au jury que vous opérez un changement d'échelle.

II. L'Ukraine, enjeu des luttes d'influence entre l'Union européenne et la Russie

■ Pour éviter la déstabilisation de l'Ukraine, contenir l'influence russe en Europe et défendre leurs intérêts énergétiques, la France et l'Allemagne poussent les deux États à signer un **accord de cessez-le-feu** à Minsk en **2015**. Le conflit du Donbass devient une préoccupation européenne.

■ En effet, l'Ukraine est au contact de la zone d'influence de l'Union européenne et de celle de la Russie. Depuis 2014, elle s'est résolument tournée vers l'ouest en signant un **accord d'association avec l'UE**, au grand dam de la Russie.

À NOTER
Cet accord d'association prévoit notamment une zone de libre-échange complet et approfondi.

■ De plus, pour sa défense, l'Ukraine souhaite rejoindre l'**OTAN** afin de faire face aux velléités expansionnistes de la Russie : le conflit du Donbass est donc également un théâtre de **tensions entre les États-Unis et la Russie**. Ainsi, les États-Unis veulent contenir les ambitions militaires de leur rival qui rêve de redevenir, comme au temps de la guerre froide, une puissance mondiale.

Conclusion

[Bilan] En somme, le conflit entre l'Ukraine et la Russie est fondé sur deux enjeux majeurs : pour l'Ukraine, il s'agit de survivre face à son puissant voisin russe ; pour les pays occidentaux, il est indispensable de contenir les ambitions de la Russie en Europe. **[Ouverture]** Si les tensions au Donbass ont beaucoup décru, des affrontements sporadiques se produisent toujours, faisant de la région le théâtre d'un conflit latent.

2. ÉCHANGE AVEC LE CANDIDAT (10 min)

Voici des exemples de questions que le jury pourrait poser à la suite de votre présentation, ainsi que des pistes de réponses. N'oubliez pas que l'on peut vous interroger sur d'autres thèmes du programme.

Quelles ont été les conséquences internationales de l'annexion de la Crimée par la Russie en 2014 ?

Cette décision, qui est la première modification de frontières par la force depuis 1945, a été condamnée par l'Assemblée générale des Nations unies. De plus, la Russie a été exclue du G8 alors qu'elle devait en accueillir le sommet à Sotchi en 2014. Enfin, elle subit des sanctions économiques de la part des pays occidentaux.

Pourriez-vous préciser la nature des liens économiques entre l'Ukraine et la Russie ?

La Russie est le principal partenaire commercial de l'Ukraine, même si les échanges de celle-ci avec l'UE se renforcent (42 % des échanges commerciaux). De plus, l'Ukraine, comme l'UE d'ailleurs, reste très dépendante de la Russie pour son approvisionnement en gaz.

En quoi le conflit du Donbass est-il représentatif de la complexité des conflits contemporains ?

Il s'agit d'abord d'un conflit multiscalaire : il est à la fois intra-étatique, régional, continental, voire mondial. De plus, il mobilise des acteurs étatiques, comme l'armée ukrainienne, et des acteurs non étatiques, comme les milices séparatistes soutenues par l'armée russe. Enfin, les accords de cessez-le-feu n'ont pas abouti à une situation de paix réelle mais à un **conflit latent de basse intensité** marqué des affrontements sporadiques.

> **CONSEIL**
> L'utilisation de cette notion montre au jury votre maîtrise du vocabulaire géopolitique et la pertinence de votre analyse.

3. ÉCHANGE SUR LE PROJET D'ORIENTATION (5 min)

Le jour J, il vous faudrait bien sûr développer la réponse.

Comment avez-vous choisi votre sujet ? En quoi est-il en lien avec votre projet d'orientation ?

• J'ai choisi ce sujet car je m'intéresse particulièrement aux conflits du monde contemporain. De plus, le conflit russo-ukrainien est relativement peu abordé par les médias occidentaux, ce qui, selon moi, en fait un objet d'étude original.

• Je me destine à des études de journalisme en passant par une licence d'histoire. En effet, une solide culture générale est indispensable pour préparer dans de bonnes conditions les concours d'admission.

SUJET 10 | HGGSP

PRÉSENTATION ET ENTRETIEN

20 min

Comment ont évolué les mémoires de la guerre d'Algérie en France ?

L'étude de ce sujet permet de mettre en lumière l'articulation entre histoire et mémoires qui constitue un des grands enjeux du thème 3 du programme. De plus, il porte sur une question d'une brûlante actualité.

1. PRÉSENTATION D'UNE QUESTION (5 MIN)

Les titres en couleur mettent en évidence la structure de la présentation.

Introduction

[Accroche] Le 13 septembre 2018, le président de la République Emmanuel Macron reconnaît officiellement la responsabilité de l'armée française dans l'exécution de Maurice Audin, militant communiste favorable à l'indépendance de l'Algérie, en 1957. Il met alors fin à soixante-dix années d'occultation officielle d'un crime d'État. **[Présentation du sujet]** Cet évènement soulève la question des mémoires de la guerre d'Algérie, c'est-à-dire des souvenirs que différents groupes ou communautés ont gardés du conflit. **[Formulation de la problématique]** C'est pourquoi nous nous efforcerons de répondre à la question suivante : comment ont évolué les mémoires de la guerre d'Algérie en France ? **[Annonce du plan]** Après deux décennies d'amnésie officielle (années 1960-1970), on assiste à un réveil des mémoires (années 1980-1990), puis à une reconnaissance progressive du conflit (à partir de 1999).

I. Un conflit occulté (années 1960-1970)

■ Au lendemain des accords d'Évian (18 mars 1962) qui mettent fin à la guerre d'Algérie, le général de Gaulle veut tourner la page au nom de l'unité nationale. En effet, le conflit a affaibli la puissance du pays et a profondément divisé l'opinion publique entre les partisans de l'Algérie française et ceux de l'indépendance du territoire algérien.

■ En 1968 est votée une loi d'amnistie qui permet aux membres de l'**OAS** de sortir de prison ou de rentrer d'exil. Le livre d'Henri Alleg (*La Question*) dénonçant l'usage de la torture par l'armée française est interdit depuis 1958.

À NOTER
L'OAS (Organisation Armée secrète) est une organisation terroriste fondée par des militaires partisans de l'Algérie française.

■ Cependant, les pieds-noirs et les harkis sont en quête de reconnaissance : en 1970, une loi indemnise les rapatriés d'Algérie pour les biens laissés sur leur terre natale ; en 1974-1975, les harkis se soulèvent pour dénoncer leurs conditions de vie dans les cités d'accueil.

II. Le réveil des mémoires (années 1980-1990)

■ Les années 1980 sont marquées par la percée électorale du Front national, nostalgique de l'Algérie française et hostile à l'immigration. Les tensions liées au conflit algérien sont alors réactivées chez la deuxième génération des différentes communautés (pieds-noirs, harkis, immigrés algériens).

■ La guerre d'Algérie fait l'objet d'un regain d'intérêt : en 1983, la question entre dans les programmes de lycée ; en 1991, l'historien Benjamin Stora publie *La Gangrène et l'oubli : la mémoire de la guerre d'Algérie*.

III. Un conflit reconnu (depuis 1999)

■ En 1999, une loi reconnaît l'existence d'une guerre d'Algérie : c'est la fin de 37 ans d'« amnésie officielle ». En 2003, une journée d'hommage national aux morts pour la France en Afrique du nord est fixée au 5 décembre.

■ Grâce à **un accès plus facile aux archives** depuis 2001, des historiens comme Guy Pervillé et Raphaëlle Branche renouvellent l'histoire de la guerre.

À NOTER
La loi sur les archives publiques impose un délai de 60 ans pour la consultation des documents classés « secret défense ».

■ Cependant, le débat public est marqué par une « guerre des mémoires » : ainsi, en 2010, le film *Hors-la-loi* de Rachid Bouchareb, qui dénonce la répression des émeutes de Sétif, provoque la colère des pieds-noirs.

Conclusion

[Bilan] Ainsi, les mémoires de la guerre d'Algérie en France ont connu une évolution en trois étapes : d'une période d'amnésie officielle, on est passé à un réveil des mémoires, puis à une véritable « guerre des mémoires » liée à la reconnaissance officielle du conflit. **[Ouverture]** Côté algérien, l'émergence des mémoires est freinée par une mémoire officielle qui prétend souder toute la population autour d'un FLN très contesté.

Support écrit

En préparant cette frise chronologique à l'attention du jury, vous mettez en évidence les trois grandes étapes de la formation des mémoires du conflit. En même temps, ce document vous permet de vous rappeler le plan de votre exposé.

L'évolution des mémoires de la guerre d'Algérie en France

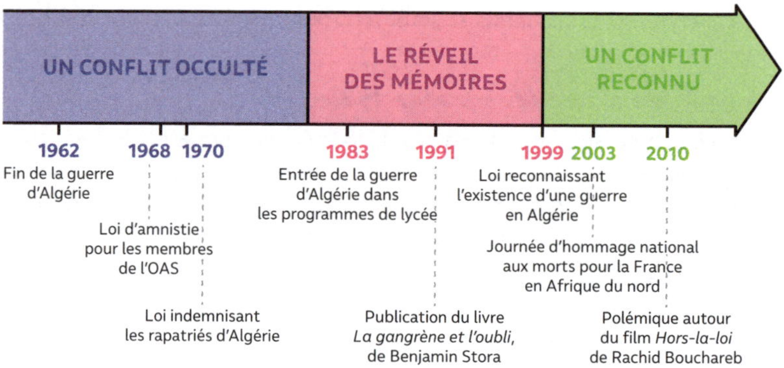

2. ÉCHANGE AVEC LE JURY (10 MIN)

Quel est l'apport des travaux de Benjamin Stora sur la question ?

Benjamin Stora a été pionnier dans l'histoire des mémoires de la guerre d'Algérie : c'est lui qui a parlé d'amnésie, de réveil des mémoires et de guerre des mémoires. De plus, il a collaboré avec des historiens algériens comme Mohammed Harbi pour étudier la façon dont se sont construites les mémoires : en 2004, ils ont publié un ouvrage de synthèse intitulé *La Guerre d'Algérie 1954-2004 : la fin de l'amnésie*.

Quelle autre période historique a donné lieu à une évolution comparable des mémoires ?

On peut penser au régime de Vichy et à ses responsabilités dans la Shoah. Après une période d'amnésie officielle, les travaux des historiens comme Robert Paxton ou Henry Rousso ont nourri le débat public et poussé la France à reconnaître les crimes de l'État français par la voix de Jacques Chirac en 1995.

3. ÉCHANGE SUR LE PROJET D'ORIENTATION (5 MIN)

Le jour J, il vous faudra bien sûr développer la réponse.

- **Pourquoi avoir choisi ce sujet ?**

J'ai choisi ce sujet car je m'intéresse à la décolonisation. De plus, dans ma famille, une personne a effectué son service militaire pendant la guerre d'Algérie.

- **En quoi ce sujet est-il en lien avec votre projet d'orientation ?**

Je me destine à des études d'histoire pour faire de la recherche. Je suis passionné·e par les travaux en archives : pour moi, c'était le sujet idéal en lien avec le programme de spécialité.

SUJET 11 | HLP

PRÉSENTATION ET ENTRETIEN

20 min

Comment la science-fiction aide-t-elle à penser les dangers qui menacent l'humanité ?

Un tel sujet croise littérature, philosophie et questionnements sur les évolutions de nos sociétés. Cela pourrait vous intéresser si vous vous destinez à des études mêlant plusieurs domaines du savoir, comme les CPGE littéraires.

1. PRÉSENTATION D'UNE QUESTION (5 MIN)

Les titres en couleur mettent en évidence la structure de cette présentation.

Introduction

[Accroche] L'inquiétude face aux évolutions de nos sociétés n'est pas nouvelle, mais elle s'intensifie au cours des XXe et XXIe siècles. **[Présentation du sujet]** La littérature de science-fiction s'empare de questionnements qui agitent les consciences, en explorant ce que nous pourrions devenir. Les récits se muent en machines à penser stimulantes, capables d'aiguiser le regard du lecteur sur le monde qui l'entoure. **[Formulation de la problématique]** J'ai choisi de m'interroger sur les ressources de la science-fiction pour penser les dangers qui menacent l'humanité. **[Annonce du plan]** Je montrerai d'abord comment la science-fiction tente d'anticiper les dérives possibles de nos sociétés actuelles ; j'envisagerai ensuite la manière dont le genre questionne notre vision du progrès.

I. Anticiper les dérives de nos sociétés

La science-fiction s'appuie sur le réel, dont elle pousse à l'extrême certaines caractéristiques pour mieux réfléchir à leur impact.

- Les expériences politiques du XXe siècle nourrissent une littérature qui met en garde contre l'instauration d'États puissants qui broient l'individu. Dans *1984* (1949), George Orwell décrit un régime totalitaire incarné par l'inquiétant Big Brother : une police de la pensée rappelle des techniques de surveillance et de contrôle en germe dans nos propres sociétés.

- La littérature se fait l'écho d'angoisses liées à la **dégradation des écosystèmes** à cause des actions humaines. Dans *Sécheresse* (1964), James Graham Ballard imagine un monde dévasté par une pénurie d'eau.

> **À NOTER**
> Aujourd'hui, la « *cli-fi* » (*climate fiction*) constitue un sous-genre de la science-fiction : elle présente un monde où la crise climatique et écologique a atteint un stade ultime, qui pose la question de la survie de l'être humain.

- La science-fiction questionne les valeurs sur lesquelles se fondent nos sociétés et les buts qu'elles se fixent. Dans *Ravage* de René Barjavel (1943), une immense panne d'électricité donne un brutal coup d'arrêt à une société arc-boutée sur la technique, dès lors forcée de revenir à l'essentiel.

[Transition] Si la littérature s'intéresse à l'évolution globale possible de nos sociétés, elle se focalise également sur la question du progrès humain.

II. Questionner notre vision du progrès

La science-fiction esquisse des réflexions éthiques et existentielles sur le progrès humain, sur ses objectifs et sur les moyens de les atteindre.

- Le genre dénonce volontiers un certain engouement pour des inventions d'abord perçues comme des progrès, mais qui peuvent se retourner contre nous. Dans le cycle des *Robots* (1950-1985), Isaac Asimov s'interroge sur la place des humains par rapport aux robots dotés d'une forme d'intelligence aussi fascinante qu'inquiétante, susceptibles de prendre l'ascendant sur leurs propres créateurs.

- La science-fiction explore aussi les conséquences philosophiques d'une manipulation du vivant au nom du progrès social. Dans *Le Meilleur des mondes* (1932), Aldous Huxley décrit des êtres créés en laboratoire, conditionnés pour répondre à la priorité de l'État mondial : la stabilité. Les opérations menées sur certains embryons au profit d'une caste supérieure mettent en lumière le problème éthique de l'eugénisme. Cette dystopie montre combien la science doit être contrôlée.

Conclusion

[Bilan] La science-fiction ouvre des espaces de débat et aide à se prémunir des dangers qui nous menacent ; elle joue selon moi un rôle important dans **l'éveil des consciences**. C'est un outil séduisant pour penser le monde de demain, en dessinant des visions expérimentales du futur, entre imaginaire et possible. **[Ouverture]** La science-fiction inspire également les cinéastes qui utilisent les ressources audiovisuelles pour enrichir la réflexion sur ces mondes imaginaires.

> **CITATION**
> « L'imagination est plus importante que la connaissance. Car la connaissance est limitée, tandis que l'imagination englobe le monde entier, stimule le progrès, suscite l'évolution. » (Albert Einstein)

2. ÉCHANGE AVEC LE JURY (10 MIN)

Voici quelques-unes des questions que le jury pourrait poser en lien avec votre présentation, ainsi que les réponses possibles. N'oubliez pas qu'on peut vous interroger sur d'autres thèmes du programme.

■ Qu'est-ce qu'une dystopie ? En quoi peut-elle stimuler la réflexion ?

Une dystopie est un récit de fiction qui décrit une société oppressante, souvent tyrannique ou totalitaire. Elle s'oppose à l'utopie, caractérisée par son aspect idéal. Elle permet de réfléchir aux dangers qui menacent les sociétés humaines, et aux avenirs sombres qui peuvent les attendre.

■ Que pensez-vous du titre du roman de Huxley, *Le Meilleur des mondes* ?

Ce titre est bien entendu ironique : le monde décrit par le roman est un monde très peu désirable, où les êtres humains, soumis à un contrôle social permanent, sont produits en laboratoire et vivent en castes hiérarchisées à l'extrême. Huxley, lui-même pétri d'humanisme, cherche à alerter ses contemporains sur les dérives qui peuvent menacer leurs sociétés.

■ Le cinéma de science-fiction s'est largement emparé de questionnements sur les dangers menaçant l'humanité : pouvez-vous donner quelques exemples ?

• *Blade Runner* (Ridley Scott, 1982) trouble la frontière entre humains et robots anthropomorphes : des « réplicants », êtres humains de synthèse doués de conscience, s'y rebellent contre leurs créateurs.

• *Soylent Green* (Richard Fleischer, 1973) montre la raréfaction des ressources dans un monde dystopique où les cadavres humains sont secrètement transformés en nourriture.

> **CONSEIL**
> Attendez-vous à ce que le jury vous demande d'approfondir des idées ou des exemples que vous abordez brièvement au cours de votre présentation, par exemple dans l'ouverture de votre conclusion.

3. ÉCHANGE SUR LE PROJET D'ORIENTATION (5 MIN)

Le jour J, il vous faudra bien sûr développer la réponse.

Comment avez-vous choisi le sujet de votre exposé ? Celui-ci est-il en lien avec votre projet d'orientation ?

- J'aime la littérature en grande partie pour sa capacité à explorer des mondes imaginaires, à nous emporter dans des histoires dépaysantes qui peuvent nous aider à mieux comprendre notre monde. Le chapitre « L'humain et ses limites » m'a particulièrement intrigué·e.
- J'envisage une carrière dans les sciences politiques, pour participer à la prise de décision collective en portant des projets citoyens. Travailler sur la question que j'ai traitée m'a permis d'approfondir des enjeux éthiques qui me paraissent essentiels pour mieux comprendre le monde de demain.

SUJET 12 | ANGLAIS (LLCE)

PRÉSENTATION ET ENTRETIEN

20 min

What vision of transhumanism do art and literature convey?

Un sujet sur le transhumanisme est essentiellement lié au programme de première, mais peut être agrémenté de notions abordées en terminale dans les thématiques « Arts et débats d'idées » ou « Voyages, territoires, frontières ». Il peut aussi être croisé avec les spécialités HLP, NSI, SI ou SVT.

1. PRÉSENTATION D'UNE QUESTION (5 MIN)

Les titres en couleur mettent en évidence la structure de cette présentation.

Introduction

[Choix de la thématique] I have chosen to focus on the topic of transhumanism because it raises questions about our common future and appeals to my imagination. **[Définition du terme]** The Latin prefix '*trans*' means 'across, over, beyond'. So 'transhuman' means 'transcending human limits', that is to say modifying humans with new technology, to enhance their physical or mental skills; for example, making them more clever, stronger, immortal, and so on.

[Formulation de la problématique] Therefore, I will try and answer the following question: what vision of transhumanism do art and literature convey? **[Annonce du plan]** First, I will explain how some writers have attempted to push the boundaries through their visionary art. Then, I will show their production is mainly dystopian as they debunk the myth of transhumanism.

I. Visionary art: pushing the boundaries

■ Some forerunners had a clear insight into the future of mankind at an early period. For instance, in *Frankenstein: or, The Modern Prometheus* (1818), Mary Shelley used the myth of Prometheus to imagine the first transhuman creature with Frankenstein's monster. Besides, this novel is considered to be the first piece of science fiction writing.

■ In many science fiction works, what is at stake is the creation of a superhuman whose skills are enhanced. They feature societies or characters who intend to challenge God by going beyond human nature and reaching immortality. In that respect, they mirror man's quest for an upgraded condition and everlasting life.

■ Today, those issues are all the more present as transhumanism is about to come true thanks to scientific research. Mark O'Connell gives an insight into transhumanist advances with his essay: *To Be a Machine* (2017). Many recent sci-fi films or series have also tackled the topic, like the *Terminator* saga (from 1984 to 2015) and some episodes of *Black Mirror*, the Netflix series.

[Transition] Transhumanism is undoubtedly an inspirational subject and yet, art and literature mainly highlight its darker sides.

II. Dystopian art: debunking the myth of transhumanism

■ Indeed, very few utopian books or films have been released on that topic. The best example of dystopia for its message and its aesthetics is *Blade Runner* in its two versions (1982 and 2017) : they both show a dark, violent and decaying world with so-called 'replicants' that are either enslaved or hunted down by humans. In this case, humans are desperately trying to keep their human-like creatures under control.

■ In *Frankenstein*, the doctor's will to be god-like leads to disaster instead of progress. The manipulation of genes gives way to eugenics in *Gattaca* (Andrew Niccol, 1997). A totalitarian society is portrayed in *Brave New World* (Aldous Huxley, 1932). In such societies, freedom is denied or controlled. The ultimate nightmare is machines outsmarting humans and coming to power. *Ex-Machina* (Alex Garland, 2015) illustrates that threat in a very clear-sighted way.

■ The overall message is that mankind should keep their ambitions and advances within limits and think twice about transcending human nature since it could lead to actual dehumanisation.

À NOTER
Ne citez que des références culturelles que vous maîtrisez, car elles pourront faire l'objet de questions d'approfondissement de la part du jury.

Conclusion

[Bilan] Art and literature are often insightful as to the vision of the future. It is the case with the depiction of a society based on transhumanism. However, this vision is biased as it emphasizes only the drawbacks and negative outcomes of such a scientific breakthrough, to make us think about the restraints that should be imposed on science. **[Ouverture]** Besides, the message conveyed is sometimes heard by scientists, investors and entrepreneurs: although they are involved in anti-ageing, bioengineering and AI research, even people like Elon Musk are led to question their quest. In that respect, couldn't we say that literature and art both foresee and influence our future?

À NOTER
Le sujet du transhumanisme pourrait également être abordé en AMC dans le cadre de la thématique « Savoirs, création, innovation » de la classe de première : vous l'aborderez alors sous l'angle des avancées scientifiques, techniques et technologiques et évoquerez les enjeux économiques, sociaux et éthiques.

2. ÉCHANGE AVEC LE JURY (10 MIN)

Voici quelques-unes des questions que le jury pourrait poser en lien avec votre présentation, ainsi que les réponses possibles. N'oubliez pas qu'on peut vous interroger sur d'autres thèmes du programme.

- **You referred to dystopia in your presentation. Can you define this notion?**

The word dystopia comes from the Greek prefix *dys-*, which means "bad", and the word *topos*, which refers to a place. It is the opposite of utopia and it describes a dark, depressing and dysfunctional society. It often refers to a totalitarian regime, as in *Brave New World*.

- **To what extent is literature about transhumanism relevant to the topic of "art and protest" that you studied this year?**

In so far as it tackles the dangers and the flaws of transhumanism, I would say it is in line with a form of protest. For instance, ***Ex-Machina*** questions the development of Artificial Intelligence that is threatening our individual freedom. Yet it is more a form of criticism or warning than actual protest. It aims at raising our awareness as human beings and citizens.

CONSEIL
Appuyez-vous sur vos références culturelles pour étoffer vos réponses.

Can you choose one of the books you have mentioned and develop the issues that it raises?

I would like to talk more about *Frankenstein: or, The Modern Prometheus* as it is the first novel ever written on the topic of transhumanism. The monster is made up of body parts and chemicals, and the doctor "infuse[d] a spark of being into the lifeless thing that lay at [his] feet". So the creature is not a transhuman in the sense that he is not half-human half-machine, but he has outstanding features and abilities, so he foreshadows the advent of the "augmented man". We can also wonder what makes the monster partly human: his emotions, his desire for revenge, his reactions? How do we draw the line between monstrosity and humanity? Finally, the novel deals with hubris as a driving force that can lead you to harmful actions. Indeed, Dr Frankenstein plays God by making a superhuman, thus triggering off a chain of dreadful events.

CONSEIL
Attendez-vous à ce que le jury vous pose une question liée au programme de la spécialité, une question plus précise sur un exemple que vous avez cité, ou vous demande de définir une des notions que vous avez abordées.

3. ÉCHANGE SUR LE PROJET D'ORIENTATION (5 MIN)

Le jour J, il vous faudra bien sûr développer la réponse.

Quels liens faites-vous entre votre sujet et votre choix d'orientation ?

- J'aime la science-fiction car elle permet de réfléchir à l'avenir de l'humanité. De plus, le transhumanisme présente l'avantage de croiser plusieurs domaines qui m'intéressent : la littérature et la philosophie, mais aussi le numérique, la biotechnologie ou la médecine.
- J'envisage de faire des études de journalisme : j'aimerais me spécialiser dans la critique littéraire ou dans les questions éthiques et les débats de société.

Savoir parler de soi

■ Quels **adjectifs** vous décrivent le mieux ? Voici une trentaine de suggestions pour vous inspirer. N'hésitez pas à compléter la liste !

ambitieuse, ambitieux
attentif, attentive
audacieuse, audacieux
autonome
battant·e
bienveillant·e
communicatif, communicative
créatif, créative
curieuse, curieux
débrouillard·e
déterminé·e
discret, discrète
dynamique
engagé·e
généreuse, généreux
intuitif, intuitive
méthodique
observateur, observatrice
optimiste
organisé·e
original·e
patient·e
pédagogue
perfectionniste
persévérant·e
persuasif, persuasive
posé·e
pragmatique
précis·e
prudent·e
réfléchi·e
sensible
spontané·e
volontaire
…

■ Vous pouvez aussi utiliser des **verbes** pour indiquer vos compétences à travers des savoir-faire. Par exemple :

aider
analyser
calculer
chercher
comprendre
construire
convaincre
créer
enquêter
expérimenter
imaginer
manipuler
modeler
réfléchir
réparer
rêver
soigner
…

Lexique de l'enseignement supérieur

Voici les principales formations désignées par des sigles.

FORMATION		DURÉE	ÉTAB.
BTS/STS	Brevet technicien supérieur/ Section de technicien supérieur	Bac +2	Lycée
CPGE	Classe préparatoire aux grandes écoles	Bac +2	Lycée
LMD	Licence / Master / Doctorat	Bac +3/5/8	Université
DCG	Diplôme de comptabilité et gestion	Bac +2	École
DEC	Diplôme d'expert-comptable	Bac +8	École
DEUST	Diplôme d'études universitaires scientifiques et techniques	Bac +2	Université
DNMADE	Diplôme national des métiers d'art et du design	Bac +3	Lycée, CFA, école d'art
ESAA	École supérieure des arts appliqués	Bac +3/5	École
DSCG	Diplôme supérieur de comptabilité et gestion	Bac +5	École
DUT	Diplôme universitaire technologique	Bac +2	Université
ENS	École Normale Supérieure (accessible après une CPGE)	Bac +5	École
ESPE	École supérieure du professorat et de l'éducation	Bac +5	Université
HMONP	Habilitation à l'exercice à la maîtrise d'œuvre en son nom propre	Bac +6	École
IEP	Institut d'études politiques	Bac +5	École
IAE	Institut d'administration des entreprises	Bac +5	Université
L.AS	Licence option « accès santé »	Bac +3	Université
LP	Licence professionnelle (accessible après un BTS ou un DUT)	Bac +3	Université
MMOP	Médecine, Maïeutique, Odontologie, Pharmacie (accessible après un PASS ou une L.AS)	Bac +5 à bac +11	Université
PASS	Parcours Accès Scientifique Spécifique	Bac +1	Université

CRÉDITS ICONOGRAPHIQUES

4 h	ph ©	Maria Casinos/istockphoto
4 b	ph ©	Zhang Peng, 2019
5 h	ph ©	Thananit/istockphoto
5 b	ph ©	Vincent Jarousseau
6 h	ph ©	Prod DB © Ingrid Chabert - My Box Productions/DR
6 b	ph ©	Deepol by plainpicture
9	ph ©	Maria Casinos/istockphoto
13	ph ©	Yuri Arcurs/istockphoto
21	ph ©	Zhang Peng, 2019
23	ph ©	BlackJack3D/istockphoto
25	ph ©	Joe Raedle/Getty Images 2020
33	ph ©	Francois Roux/Alamy/Photo12
36	ph ©	Londres, National Portrait Gallery
37 h	ph ©	Thatsaphon/stock.adobe.com
37 m	ph ©	Christie's Images/Bridgeman Images
37 b	ph ©	Hanahal/stock.adobe.com
45	ph ©	Thananit/istockphoto
69	ph ©	Vincent Jarousseau
73 g	ph ©	Matej Kastelic/stock.adobe.com
73 d	ph ©	Clerkenwell/istockphoto
75	ph ©	Manuta/stock.adobe.com
82	ph ©	Nicolas Guyonnet/Hans Lucas
83	ph ©	Steve Debenport/istockphoto
95	ph ©	Prod DB © Ingrid Chabert - My Box Productions/DR
101	ph ©	Pranayama/istockphoto
102	ph ©	© Chapter 2/Moonshaker II/Pathe/France 2 Cinema/CN6 productions Photo David KOSKAS
103	ph ©	My Box Productions
105	ph ©	Kotangens/istockphoto
109	ph ©	Deepol by plainpicture
111	ph ©	Prod DB © Ingrid Chabert - My Box Productions/DR
115	ph ©	Deepol by plainpicture
116 h	ph ©	Maria Casinos/istockphoto
116 b	ph ©	Deepol by plainpicture
117	ph ©	SDI Productions/istockphoto

Achevé d'imprimer par L.E.G.O. S.p.A. - Lavis (TN) - Italie
Dépôt légal : 07707 - 2/01 - Mars 2021